랜드 오브 스토리 6

두 세계가 충돌하다 상

THE LAND OF STORIES: WORLDS COLLIDE by Chris Colfer

Copyright ⓒ 2017 by Christopher Colfer

Illustrations copyright ⓒ 2017 by Brandon Dorman

Ornament copyright ⓒ Martial Red/Shutterstock.com

Cover art copyright ⓒ 2017 by Brandon Dorman. Cover copyright ⓒ 2017 by Hachette Book Group, Inc.

All rights reserved.

This Korean edition was published by Ggumgyeol in 2020 by arrangement with Little, Brown and Company, New York, New York, USA through KCC(Korea Copyright Center Inc.), Seoul.

이 책은 (주)한국저작권센터(KCC)를 통한 저작권자와의 독점 계약으로 주식회사 꿈결에서 출간되었습니다. 저작권법에 의해 한국 내에서 보호를 받는 저작물이므로 무단 전재와 복제를 금합니다.

랜드 오브 스토리 6
두 세계가 충돌하다 상

초판 1쇄 찍은 날 2020년 8월 20일
초판 1쇄 펴낸 날 2020년 8월 27일

지은이	크리스 콜퍼
그린이	브랜던 도르먼
옮긴이	김아림

펴낸이	백종민
편 집	최새미나·원미연
외서기획	강형은
디자인	강찬숙·임채원
마케팅	박진용
관 리	장희정

펴낸곳	주식회사 꿈결
등 록	2016년 1월 21일(제2016-000015호)
주 소	서울시 영등포구 당산로 50길 3 꿈을담는빌딩 6층
대표전화	1544-6533
팩 스	02) 749-4151
홈페이지	dreamybook.co.kr
이메일	ggumgyeol@naver.com
블로그	blog.naver.com/ggumgyeol
트위터	twitter.com/ggumgyeol
페이스북	facebook.com/ggumgyeol
인스타그램	instagram.com/ggumgyeol
에듀카페	cafe.naver.com/ggumgyeoledu

ISBN 979-11-88260-80-5 04840
　　　979-11-959700-5-6 (세트)

이 도서의 국립중앙도서관 출판예정도서목록(CIP)은 서지정보유통지원시스템 홈페이지
(http://seoji.nl.go.kr)와 국가자료공동목록시스템(http://www.nl.go.kr/kolisnet)에서
이용하실 수 있습니다. (CIP제어번호: CIP2020017197)

이 책은 저작권법에 따라 보호받는 저작물이므로,
저작자와 출판사 양측의 허락 없이는 일부 혹은 전체를 인용하거나 옮겨 실을 수 없습니다.

책값은 뒤표지에 있습니다.
주식회사 꿈결은 (주)꿈을담는틀의 자매회사입니다.

롭, 앨라, 앨비나에게
당신들의 가르침과 열정, 문법 수업이 없었다면
이 책은 결코 완성되지 못했을 거예요.

그리고 전 세계 독자들에게
저는 여러분과 함께 나눴던 모험을
평생 소중하게 여길 거예요.
저를 '영원히 행복하게' 해 줘서 고마워요.
우리 절대 어른이 되지 말아요.

"만약 행복한 결말을 바란다면,
당연하지만 그것은 여러분이 이야기를 어디에서 끝내는지에 달려 있다."

― 오손 웰스(ORSON WELLES)

차례-상

프롤로그/ 생일 파티 … 11

1장/ 도서관에서 온 구조 요청 … 27

2장/ 아직 설명되지 않는 사건 … 34

3장/ 거울 속 개구리 … 53

4장/ 꿈속에서 벌어진 놀라운 일 … 66

5장/ 눈앞의 난기류 … 76

6장/ 거울에 갇힌 사람들 … 100

7장/ 피자 베이글과 바리케이드 … 107

8장/ 캘빈 쿨리지 급행열차 … 124

9장/ 가장 무서운 악당 … 137

10장/ 마녀들이 도착하다 … 149

11장/ 거울에서 탈출하다 … 156

12장/ 예상치 못한 구조자들 … 167

차례-하

13장/ 마녀들이 요리해서 만든 것 … 11

14장/ 저주받은 자의 정체 … 27

15장/ 지원군 … 38

16장/ 메두사의 눈물 … 51

17장/ 세계가 충돌하다 … 64

18장/ 요정 대 마녀 … 74

19장/ 두 세계의 전쟁 … 99

20장/ 타임스퀘어에서 벌어진 싸움 … 128

21장/ 남매가 짊어진 부담 … 138

22장/ 코너가 상상한 이야기 … 153

23장/ 깜짝 놀란 대통령 … 162

24장/ 마침내 영원히 행복해지다 … 169

에필로그/ 마법을 믿나요? … 180

감사의 말 … 191

프롤로그

생일 파티

책벌레 천국 서점이 이처럼 붐빈 적은 지금까지 한 번도 없었다. 서점의 행사용 공간에는 빈 의자는커녕 서 있을 자리도 없을 만큼 엄청나게 많은 방문객들로 발 디딜 틈이 없었고, 저녁 행사를 위해 마련한 좁은 무대 위에는 환한 조명과 함께 의자 두 개와 마이크 두 개가 설치되어 있었다. 무대 앞쪽에 웅크려 앉은 기자나 잔뜩 모여 있는 사진기자들 너머로 보는 것은 어려웠지만, 그들은 행사 처음 몇 분 동안만 거기 있을 것이 틀림없었다.

유명 작가를 직접 보기 위해 다양한 연령대의 사람들이 서점을 찾았다. 방문객들은 안절부절못하면서 서 있거나 앉아서 작가가 나오기만을 기다렸다. 유명 작가가 몇 년 만에 사람들 앞에 모습을 드러내는 자리였다. 이 자리는 작가가 첫 작품을 발표하고 50주년이 된 것을 축하하는 자리기도 했지만, 작가 자신의 일생에서 매우 특별한 날을 기념하는 의미도 있었다. 무대 위 높은 곳에 걸린 지역 초등학생들이 그려 넣은 현수막에는 다음과 같은 문구가 알록달록 적혀 있었다. '여든 살 생일 축하해요, 베일리 씨!'

그리고 서점에서 약속했던 것처럼 여덟 시 정각이 되자 멋진 양복을 차려입은 남자가 무대 위로 올라왔고, 저녁 행사가 막 시작되었다.

"안녕하세요, 신사 숙녀 여러분. 책벌레 천국 서점에 오신 걸 환영합니다." 남자가 마이크에 대고 말했다. "저는 〈뉴욕 타임스 북 리뷰〉의 그레고리 퀸입니다. 오늘 밤 이 행사의 사회를 보게 되어 더없이 영광입니다. 우리가 여기 모인 것은 그동안 100권도 넘는 아동 소설을 출간해 세상을 더욱 매혹적인 장소로 만들어 준 한 사람을 기념하기 위해서입니다."

베일리의 뛰어난 문학적 성취에 대한 이야기가 나오자 사람들은 환호를 보냈다. 방문객들마다 자기가 가장 좋아하는 책을 품에 꼭 안고 있었기 때문에 작가의 모든 작품이 한눈에 다 보였다.

"행사장을 둘러보니 상당히 다양한 연령대가 오셨네요. 무척 기쁩니다." 퀸이 말을 이어갔다. "베일리 씨는 항상 자신의 가장 큰 업적은 출간한 책의 숫자도, 지금껏 판매한 권수도 아니라고 말해 왔어요. 그보다는 독자들이 무척 다양한 게 자랑이라고 했죠. 베일리 씨의 책이 전 세계 가정에서 즐겨 읽힌다는 사실이야말로 그분의 업적을 가장 잘 드러내 주는 일일 겁니다."

많은 방문객들은 베일리가 그동안 선사한 즐거움을 떠올리며 가슴 앞에 손을 가져다 댔다. 몇몇은 어린 시절 베일리의 소설이 안겨다 준 감동을 생각하며 눈가가 촉촉해지기도 했다. 이들은 다행히 인생에서 좋은 소설을 필요로 하는 시기에 베일리의 책을 만났다.

"이 분의 이름을 들으면 사람들은 대부분 미소를 짓습니다." 퀸이 계속해서 말했다. "베일리 씨는 모험과 긴장으로 가득한 어린 시절을 보냈고, 그 소설에 등장하는 인물들은 우리에게 무엇이 옳고 그른지를 알려 주었죠. 그뿐만 아니라 베일리 씨의 이야기는 상상력이야말로 이 세상에서 가장 힘센 무기라는 사실을 가르쳐 주었습니다. 전 세계 사람들이 가족같이 여긴다면 무척 특별한 사람이겠죠. 베일리 씨가 바로 그 특별한 사람입니다. 신사 숙녀 여러분, 소년 소녀 여러분, 특별하고 유일한 오늘의 주인공 코너 조너선 베일리 씨를 따뜻한 환영의 박수로 맞이해 주십시오."

순간 의자에 앉아 있던 방문객들이 벌떡 일어섰고 행사장 전체에 우레와 같은 박수가 울려 퍼졌다. 사진기자들이 사진기를 들어 올리자 무대는 번쩍이는 플래시 불빛으로 가득 찼다.

호감을 주는 인상의 깡마른 노인 한 명이 천천히 무대로 올라와 흥분한 청중을 향해 손을 흔들었다. 커다란 눈동자는 푸른 하늘빛이었고 헝클어진 흰 머리카락은 머리 위에 올라앉은 푹신한 구름 같았다. 노인은 두꺼운 안경에 밝은 푸른색 멜빵, 붉은 형광색 운동화를 착용하고 있었다. 옷차림이나 말썽꾸러기같이 빛나는 눈빛을 보면 베일리는 자기 소설의 등장인물들만큼이나 흥미로운 사람임이 분명했다.

퀸은 베일리를 부축해서 자리로 안내하려 했지만, 늙은 작가는 다른 사람의 도움 따위 필요하지 않다는 듯 손을 휘휘 내저었다. 베일리가 자리에 앉은 뒤에도 사람들은 계속해서 애정이 듬뿍 담긴 박수를 보냈다.

"고맙습니다, 고마워요, 고마워." 베일리가 마이크에 대고 말했다. "여러분은 정말 마음이 따뜻하신 분들이군요. 하지만 이제 슬슬 박수를 멈춰야 행사를 진행할 수 있습니다. 저는 여든 살이라서 시간이 금이니까요."

사람들은 웃음을 터뜨리며 자리에 앉았다. 하지만 조금 전보다 좀 더 앞쪽으로 자리를 당겨 앉았다.

"이 자리에 참석해 주셔서 정말 감사합니다, 베일리 작가님." 퀸이 말했다.

"이 자리에 함께하게 되어 저도 기쁩니다." 베일리가 말했다. "그리고 저를 멋지게 소개해 준 퀸 씨에게도 감사합니다. 당신이 제 이름을 부르기 전까지는 그게 제 소개를 하는 건지 아닌지 헷갈렸다니까요. 그런 칭찬을 듣고 나니 이 행사가 제가 아닌 다른 베일리 씨를 위한 건 아닌지 잠깐 고민했어요."

"작가님을 위한 찬사였답니다." 사회자 퀸이 베일리를 안심시켰다. "그리고 무엇보다 먼저, 생신 축하드립니다! 이런 기념일을 함께 축하할 수 있게 돼 영광이고요."

"제가 뭘 그렇게 나이가 들었다고. 땅만 파도 저보다 오래 묵은 흙이 나올 텐데." 베일리가 농담을 건넸다. "재미있군요. 제가 어렸을 때는 생일이 오기만을 목이 빠져라 기다렸죠. 하지만 요즘에는 한 해 한 해가 갈수록 제가 마치 신이 깜박 잊고 내버리지 않은 유통기한 지난 통조림 콩처럼 느껴진답니다."

"그런 말씀을 하시다니 전혀 믿기지 않는군요." 퀸이 말했다. "주변에서 작가님에 대해서 이야기할 때마다 작가님이 놀랄 만큼 체력이 좋고 정정하시다고 하거든요. 건강을 유지하고 기운을 북돋우는 특별한 비결이라도 있으신가요?"

"나이가 들면서 체형을 하나 골라 유지하는 게 비법이죠. 보시다시피 저는 물렁거리는 덩어리 같은 몸매를 골랐어요." 베일리는 농조로 얘기했다. "활력을 지키는 방법이라면, 하루에 제가 깨어 있는 시간인 네 시간을 최대한 활용하려 한다는 겁니다."

작가의 얼굴에 장난스러운 미소가 퍼졌고, 청중은 웃음을 터뜨렸다. 사람들은 베일리가 책 속에서 보여 줬던 전매특허인 재치 있는 농담을 직접 들을 수 있어서 더없이 즐거웠다.

"오늘 밤 이 자리에 베일리 작가님의 가족분들도 모셨습니다." 퀸이 이렇게 말하면서 맨 앞줄에 앉은 사람들을 가리켰다. "여러분의 아버지, 할아버지를 여기까지 모셔 와 주셔서 감사합니다. 베일리 작가님, 자녀와 손주분들을 소개해 주시겠습니까?"

"기꺼이 그렇게 하죠." 베일리가 대답했다. "이쪽은 장녀 엘리자베스와 사위 벤, 손녀 찰리예요. 그 옆에는 아들 매슈와 동성 부부인 사위 헨리, 손자들인 에이든과 그레이슨이죠. 그리고 순서상으로는 마지막이지만 역시 소중한 제 딸 캐리와 사위 스콧, 손주들 브라이튼, 새미, 레비입니다. 그리고 보시면 알겠지만 제 아들과 딸들은 전부 입양한 아이들이랍니다. 저렇게 인물 좋은 아이들이 저와 똑같은 DNA를 가졌을 리가 없으니까요."

사람들은 킥킥 웃으면서 베일리 작가의 가족들을 향해 한 차례 따뜻한 박수를 보냈고, 결국 가족들은 일어나 쑥스러워하며 답례로 손을 흔들어야 했다.

"작가님의 아내분이 올해 초 돌아가셨다는 소식을 듣고 무척 슬펐습니다." 퀸이 말했다. "이 자리에 계시는 대부분의 분들은 아시겠지만 베일리 작가님의 아내 브리 캠벨-베일리 씨 역시 훌륭한 작가시죠. 그뿐만 아니라 24년 동안 미국 상원의원으로 일하시다가 은퇴하셨고 말입니다."

"우리가 중학교 때부터 사귀었던 사이라는 게 믿어지나요?" 베일리가 미소를 머금고 말했다. "제가 아는 한, 저와 함께했던 건 아내가 인생에서 처음이자 유일하게 저질렀던 실수였죠."

"결혼 생활을 몇 년이나 함께하셨나요?" 퀸이 물었다.

"52년이랍니다." 베일리가 대답했다. "아내는 결혼하기 전 석사 학위를 끝마치고, 가족을 이루기 전에 다섯 번째 책을 출간하겠다고 고집을 부렸죠."

"놀랍지도 않은 일이군요." 퀸이 말했다. "세상을 떠난 상원의원님은 여성의 권리 신장을 주장한 운동가로도 손에 꼽히는 분이셨으니까요."

"그래요. 하지만 한 가지 분명히 짚고 넘어가자면 브리는 결코 세상을 떠난 게 아니에요." 베일리가 웃으며 말했다. "브리는 살아 있는 동안 모든 것을 완벽하게 해냈어요. 죽음 역시 예외가 아니었죠. 우리 가족은 '죽었다'라거나 '세상을 떠났다'라는 말 대신 '마법의 세계로 돌아갔다'라고 말하죠. 그게 브리에게 훨씬 더 잘 어울려요. 마법의 세계로 돌아가기 전, 아내는 자기가 떠난 뒤 볼 수 있도록 집 안 곳곳에 수많은 쪽지를 숨겨 뒀어요. 저는 하루도 빠지지 않고 약을 챙겨 먹으라거나 아침을 먹으라고 일러 주는 포스트잇에 써 놓은 쪽지를 발견하곤 하죠."

"정말로 마법 같군요." 퀸이 말했다. "두 분은 캘리포니아주 윌로크레스트에서 나고 자라셨죠?"

"맞아요." 베일리가 고개를 끄덕이며 말했다. "그때 세상은 지금과 달랐어요. 나무로 종이를 만들고, 휘발유로 자동차가 달리고, 카페인이 합법적이었죠. 사실상 암흑시대였죠."

"처음으로 글을 쓸 수 있도록 영감을 준 사람이 누구였는지 기억나시나요?" 사회자가 물었다.

"6학년 때 저를 가르쳤던 피터스 선생님이에요." 베일리가 대답했다. "처음에는 선생님과 눈도 제대로 마주치지 못했죠. 선생님은 교실을 배움의 장이라고 생각했고, 저는 낮잠 자는 장소라고 생각했으니까요. 그러다가 1년 정도 지나 선생님은 중학교 교장 선생님이 되셨어요. 그때 제가 국어 시간에 쓴 단편소설 몇 편을 읽어 보시더니 선생님은 제가 글 쓰는 재능이 있다고 여기고 그 생각을 제 머릿속에 심어 주셨죠. 그래서 저는 선생님께 무척 감사드려요. 제가 썼던 책 가운데 한 권을 선생님께 헌정했는데, 어떤 책이었는지는 기억 나지 않네요."

"《동화의 땅 4: 문학의 여정》이에요!" 조그만 여자아이 한 명이 뒷줄에서 흥분된 목소리로 크게 대답했다.

"오, 맞아요. 그 책이에요." 베일리가 머리를 긁적이며 말했다. "제가 깜박깜박 기억을 못 해도 좀 이해해 줘요. 일흔 살이 넘으면서부터 기억력이 휴가 중일 때가 많답니다. 요즘 같아서는 책을 한 권 집어 들고 끝까지 다 읽을 때까지도 제가 쓴 책인지 기억하지 못할지도 몰라요."

"말이 나온 김에 작가님의 놀라운 문학적 업적에 대한 얘기를 나눠 보죠." 퀸이 말했다. "앞서 말했지만 작가님은 지난 50여 년 동안 100권도 넘는 책을 내셨어요. 그 가운데는 대하소설인 《스타보디아》, 미스터리 시리즈 《비행선 소년의 모험》, 《갤럭시 여왕》 연대기, 그래픽 노블 《지블링》 등이 있죠. 그리고 가장 유명한 《동화의 땅》 시리즈를 빠뜨릴 수 없고요."

사람들은 베일리의 판타지 소설 《동화의 땅》이 언급되자 가장 크게 환호를 보냈다. 여섯 권으로 이루어진 이 시리즈는 베일리의 작가 경력 중에서 가장 성공적이고 찬사를 많이 받는 작품이었다. 이 시리즈는 50개 언어로 번역되었으며, 100개국 이상에 판권이 팔렸다. 또 전 세계 어린이들이 글을 읽고 쓰는 능력을 키울 수 있도록 많은 도움을 주었다. 그뿐만 아니라 《동화의 땅》은 대형 영화사에서 여러 번 영화로

제작되었고, 열 편이 넘는 텔레비전 드라마와 수많은 싸구려 캐릭터들로 만들어지기도 했다.

"작가님 작품들은 대부분 베스트셀러가 되었고 엄청난 유행을 이끌었지만, 그 가운데서도 《동화의 땅》이 가장 유명하죠." 퀸이 말했다. "이 시리즈가 이렇게 큰 사랑을 받을 수 있었던 특별한 비법이 있다면 무엇일까요?"

"그건 아주 쉽게 대답할 수 있어요. 제가 어렸을 때 쓴 소설이기 때문이죠." 베일리가 대답했다. "아는 사람이 그리 많진 않겠지만, 《동화의 땅 1: 소원을 들어주는 주문》 초고를 썼던 게 제가 열세 살 때쯤이었어요. 저는 제가 쓴 소설이 부끄러워서 아무에게도 보여 주지 않고 비밀로 했죠. 심지어 가족들한테조차 보여 주지 않았어요. 나중에 이십대 때 약간의 문학적 성공을 거두고 난 후 어머니의 다락방에서 먼지가 쌓인 이 오래된 원고 뭉치를 발견했죠. 먼지를 털고 오탈자를 고친 다음 바로 책으로 냈어요. 이 책이 그렇게 인기를 끌 줄 알았다면 훨씬 더 일찍 출간했을 거예요."

"정말 흥미로운 사연이군요." 퀸이 말했다. "그러니까 그 책이 아이들에게 인기를 끈 이유는 같은 나이대의 아이가 생각해 낸 이야기이기 때문이라는 거네요."

"바로 그거예요." 베일리가 말했다. "아이들은 자기들의 언어로 쓰인 이야기에 더 많이 끌려 하죠. 그렇기 때문에 아동 소설 작가는 그 언어를 결코 잃지 말아야 해요."

"작가님은 성인을 대상으로 한 소설을 쓸 기회도 많았지만 계속 어린아이들을 위한 세계에 머물러 계셨어요. 아동 소설만 쓰신 이유가 있나요?"

"아무래도 제 자신이 어른보다는 아이에 가까워서가 아닐까요?"

베일리가 뻔뻔하게 어깨를 으쓱거리며 말했다. "아무리 세상이 많이 변한다 해도, 아이들의 세계는 결코 변하지 않거든요. 모든 아이들은 태어날 때부터 사랑과 존중, 이해를 받아야 해요. 아이들은 모두 다 똑같은 공포와 연민, 확신을 갖고 있죠. 그리고 끝없는 호기심과 지식을 향한 갈망, 모험을 향한 욕구에 목말라 있어요. 인생에서 가장 큰 비극은 아이들이 이런 특성을 너무나 빨리 잃어버린다는 겁니다. 우리가 세상에 대해 그런 신선한 관점을 계속 유지한다면 더 많은 훌륭한 업적들을 이룰 수 있을 거예요. 아이들의 눈으로 세상을 바라보면 얼마나 놀라운 모습일지 한번 상상해 보세요."

"미래의 작가들에게 조언 한마디 해 주신다면?" 퀸이 물었다.

이것은 베일리에게 무척 중요한 질문이었기 때문에 훌륭한 대답을 하기 위해 잠시 말을 멈추고 고민했다.

"항상 세상으로부터 영감과 영향을 받되, 결코 세상에 좌절하지 마세요. 사실 여러분이 크게 좌절할수록 세상은 여러분을 더 많이 필요로 해요. 작가인 우리들은 세상이 점점 나빠지는 동안, 새로운 세상을 창조해야 할 엄청난 특권과 책임이 있어요. 이야기를 짓는 사람은 단순한 오락거리를 만들어 내는 게 아니에요. 우리는 사상의 안내자이자, 진보로 향한 길을 까는 사람들이고, 영혼을 탐구하는 과학자들이죠. 만약 우리 같은 사람들이 없다면 더 나은 세상을 상상할 사람도, 세상을 억압하는 권위에 의문을 제기하거나 맞설 만큼 용감한 사람들도 없어질 거예요. 아마 아직도 제가 태어났을 무렵의 암흑시대에 머물러 있겠죠."

행사장은 쥐 죽은 듯 조용해져서 시계 초침 소리까지 들릴 정도였다. 처음에 베일리는 자기가 사람들을 언짢게 만든 건 아닌지 걱정했다. 하지만 약간의 시간이 흘러 사람들이 베일리가 한 말이 어떤 의미인지 이해하고 나자 행사장에는 우레와 같은 박수가 한바탕 몰아쳤다.

"작가님의 너무나도 멋진 대답에 제가 또 다른 질문을 이어 가기가 힘들 정도네요. 이제 오늘 오신 청중분들께 질문을 받는 건 어떨까요?" 퀸이 제안했다.

그러자 행사장 안의 거의 모든 사람이 팔을 번쩍 들어 올렸다. 베일리는 그 모습을 보고는 싱긋 웃었다. 자기 같은 늙은 할아버지에게 이렇게나 많은 사람이 질문을 하려 한다는 게 재미있었다.

"갈색 셔츠를 입은 여자분부터 시작하죠." 퀸이 말했다.

"《스타보디아》 시리즈는 작가님의 작품 가운데서도 분위기가 특히 어둡습니다. 미국의 노예 제도 같은 역사적인 측면을 다뤘다는 점 때문에 그런데요. 어린 독자들에게 지나치게 무거운 내용이지 않을까 걱정하지는 않으셨나요?"

"전혀 걱정하지 않았어요." 베일리가 대답했다. "몇몇 사람들이 밤에 잠을 편하게 자라고 역사에 달콤한 설탕을 씌워서는 안 되죠. 우리가 과거와 현재의 문제들을 제대로 들여다볼수록 그 문제는 해결하기가 더 쉬워져요."

"이제 맨 앞줄의 꼬마 남학생." 퀸이 말했다.

"작가님의 소설 속 등장인물 가운데 작가님 자신을 바탕으로 한 인물은 얼마나 되나요?"

"모든 등장인물이 다 그렇죠. 특히 악당들이요." 베일리가 눈을 찡긋하며 대답했다.

"이제 가운뎃줄의 젊은 남자분." 퀸이 말했다.

"《동화의 땅》을 저술하실 때는 어디에서 영감을 받으셨나요?"

베일리의 눈동자가 장난꾸러기같이 반짝거리다 못해 이제는 거의 탐조등처럼 번쩍였다.

"그 책 전부가 실제로 겪은 자서전에 가깝다고 한다면 믿어 줄 건가요?" 베일리가 말했다.

사람들은 낄낄대며 웃었고, 베일리의 아들과 딸들은 '아버지가 또……'라는 듯 동시에 한숨을 쉬었다. 하지만 베일리의 눈빛은 계속해서 반짝거렸다. 행사장을 죽 둘러본 베일리는 사람들이 다른 질문에 대한 대답만큼 이번 대답을 진지하게 받아들이지 않는다는 점에 실망한 듯했다.

"정말이에요." 베일리가 확신에 찬 어투로 말했다. "여러분이 그것을 보려고만 한다면, 이 세상이 마법으로 가득하다는 걸 알게 될 거예요. 하지만 그건 여러분의 선택이니 내가 대신해 줄 순 없죠."

베일리가 그렇게 대답하자 세 번째 줄에 앉아 있던 조그만 여자아이가 자리에서 일어나 팔을 뻗어 힘껏 흔들었다. 질문이 무엇이든 지금 행사장에 있는 그 누구보다 간절하게 묻고 싶은 것이 있는 듯했다.

"네, 머리를 뒤로 묶은 어린 아가씨." 퀸이 지목했다.

"안녕하세요, 베일리 작가님." 아이가 말했다. "제 이름은 애니고 작가님의 책을 엄청 좋아해요. 《동화의 땅》 시리즈를 각각 열 번도 넘게 읽었거든요."

"정말로 고마운 일이네요." 베일리가 말했다. "저에게 궁금한 게 뭔가요?"

"음, 작가님께서 방금 말씀하신 내용과 관련이 있어요. 《동화의 땅》이 실제 이야기라고 한 거요." 애니가 말했다. "《동화의 땅》이 동화 속 세상을 여행하는 쌍둥이에 대한 이야기라는 사실은 여기 있는 모든 사람이 알죠. 하지만 작가 선생님도 쌍둥이라는 사실은 아마 모를 거예요. 제가 인터넷에서 작가님에 대해 조사해 보니 알렉스라는 분과 쌍둥이 남매시더라고요. 그래서 저는 《동화의 땅》에서 알렉 백스터와 코니 백스터 이야기가 작가님과 알렉스가 겪은 이야기를 바탕으로 쓰였을 거라 추측했어요."

애니의 말에 베일리는 잠시 방심했다. 베일리의 독자들은 보통 책 속의 세상에만 관심을 보였지 작가의 개인적인 삶이나 특히 가족에 대해서는 궁금해하지 않았기 때문이다. 하지만 이 소녀는 달랐다.

"그건 소름 끼칠 정도로 사실이에요, 애니." 베일리가 말했다. "사립 탐정을 해도 좋을 만큼 그쪽에 재능이 있네요."

"제 질문은 그게 아니에요." 애니가 말했다. "제가 조사한 바에 따르면 알렉스 베일리는 7학년까지 윌로 크레스트 학교에 다녔지만 그 이후로는 모든 공공 기록에서 사라졌어요. 제가 모든 기록을 샅샅이 살펴봤지만 그 이후 알렉스가 어디로 갔는지, 어떤 사람이 되었는지에 대해서는 전혀 알 수가 없었어요. 그러니 제 질문은 작가님의 책에 대한 것이라기보다는 작가님의 쌍둥이 남매에 관한 거예요. 알렉스에게 무슨 일이 생긴 거죠?"

세계적인 명성에 빛나는 작가 베일리였지만 그 질문에는 한마디도 대답하지 못했고, 눈동자의 반짝임도 희미해졌다. 베일리는 질문 내용 때문이 아니라 어떻게 답해야 할지 몰라서 충격을 받았다. 베일리는 머릿속 구석구석을 샅샅이 뒤졌지만 알렉스가 어디 있는지 기억나지 않았고, 마지막으로 언제 대화를 나눴는지도 생각나지 않았다. 유일한 기억이라고는 알렉스의 십대 무렵 모습뿐이었다. 하지만 그게 마지막으로 만났을 때라고는 믿을 수 없었다. 분명 그 이후에도 알렉스와 대화를 나눴기 때문이다. 머리를 묶은 소녀가 말한 것처럼 알렉스가 그냥 사라지지는 않았을 것이다. 아니, 혹시 정말 사라졌던가?

"저, 저는……." 생각을 집중하려고 애쓰면서 베일리가 중얼거렸다.

무언가 잘못되었다는 점이 확실해지자 청중들은 하나둘 자리를 뜨기 시작했다. 사람들이 점점 불편해한다는 사실을 깨달은 베일리는 마치 전부 장난이라는 듯 웃으며 대답했다.

"흠, 대답은 간단하죠." 베일리가 말했다. "《동화의 땅》 마지막에서 코니에게 어떤 일이 벌어졌죠?"

베일리는 여자아이와 책 내용을 알아맞히는 게임이라도 하듯 되물었다. 그러나 아무도 몰랐겠지만 베일리는 자기가 쓴 가장 사랑받은 시리즈의 결말을 기억하지 못했다. 알렉스가 어디 있는지 기억하려 애쓰는 과정 중에 베일리는 얼마나 많은 기억이 사라졌는지 깨달았다.

"코니와 알렉은 둘 다 영원히 행복하게 살았어요." 애니가 말했다.

"그랬나요?" 베일리가 물었다. "제 말은, 물론 둘 다 행복해졌죠! 그게 질문에 대한 제 답변이랍니다."

"하지만 베일리 작가님……."

"음, 멋진 저녁 행사였어요. 하지만 이제 슬슬 마무리해야겠네요." 베일리가 말했다. "여러분의 질문에 전부 다 대답해 주고 싶지만, 제가 하루 중 집중할 수 있는 네 시간이 거의 다 됐거든요."

베일리는 피곤하다는 듯 하품을 하고 기지개를 켰지만 정말로 그런 것은 아니었다. 사실 머릿속의 텅 빈 공허함이 베일리를 겁나게 했다. 언제까지 그 공포가 떠오르지 않도록 억누를 수 있을지 알 수 없다. 항상 흐릿해지는 기억력에 대해 농담을 던지던 베일리였지만 오늘 밤에는 그것이 단지 농담으로 넘겨버릴 문제가 아니라는 사실을 깨달았다.

그날 밤, 자식들 가운데 한 명이 베일리를 집에 데려다주었고 아버지가 마음을 추슬렀는지 확인한 뒤 집으로 돌아갔다. 베일리는 집 안 곳곳을 뒤지며 알렉스의 행방을 알려 줄 단서를 찾았지만 사진 한 장도 발견할 수 없었다. 자식들이 이미 자신을 어린아이 대하듯 대하고 있었기 때문에 알렉스에게 무슨 일이 벌어졌는지 물어볼 수도 없었다. 마음의 평화를 찾기 위해 베일리는 알렉스의 행방을 직접 찾아보기로 했다.

베일리는 알렉스의 얼굴을 하나하나 자세한 부분까지 떠올렸다. 하얀 피부와 장밋빛 뺨, 옅은 푸른색 눈동자, 콧등에 난 주근깨, 딸기처럼 붉은빛을 띤 긴 금발이 눈을 감자마자 떠올랐다. 하지만 그것은 알렉스의 어린 시절 모습이었다. 지금쯤이면 분명 할머니가 되어 있을 텐데, 어째서 그 모습은 생각나지 않는 걸까?

"이런, 알렉스, 대체 어디 간 거야?" 베일리가 혼잣말을 했다.

베일리의 기억력에 시동을 걸어 줄 유일한 한 가지 물건이 있기는 했다. 베일리는 서재에 틀어박혀 선반을 뒤져 《동화의 땅》 시리즈를 찾아냈다. 서점 행사에서 사람들에게 말했듯 이 여섯 권의 책은 전부 자신과 알렉스가 아주 어렸을 때 경험했던 실제 사건을 바탕으로 쓰였다. 예전 기억이 떠오르지 않는다 해도 책을 살펴보다 보면 단서를 찾아 기억이 돌아올지도 몰랐다.

베일리는 간절한 마음으로 선반에서 《동화의 땅》을 꺼내 1권부터 살피기 시작했다. 하지만 생각만큼 그 책에 영감을 주었던 실제 사건이 잘 떠오르지 않았다.

"기억해 봐, 이 늙은이야. 머리를 굴려 보라고!" 베일리가 중얼거렸다. "《동화의 땅 1: 소원을 들어주는 주문》은 우리가 동화 속 세상에 처음 갔을 때 이야기잖아. 우리는 뭔가를 모으고 있었어. 집에 돌아가기 위해 꼭 필요한 물건들이었지. 아, 생각났다. '소원을 들어주는 마법'이었어! 아버지의 일기장을 읽으면서 그 물건들을 하나하나 찾았어! 늑대 악당 패거리에게 쫓겼고, 사악한 여왕과 마주쳤다가 겨우 목숨을 건졌지! 그즈음 프로기와 빨간 망토, 잭, 골디락스를 만났고!"

베일리는 기억이 되살아 난 것에 너무 흥분한 나머지 펄쩍 뛰어올랐지만 등에서 두두둑 소리가 났고, 이제는 그런 동작을 하기에는 너무 늙었다는 사실을 실감했다. 베일리는 1권을 한쪽으로 치워 두고 그다음 권을 집어 들었다.

"《동화의 땅 2: 사악한 요정의 복수》." 베일리가 제목을 소리 내어 읽었다. "이건 무슨 내용이었지? 가만있자, 맞아! 사악한 마법사가 돌아왔을 무렵이었어! 우리는 할머니호 비행선을 타고 동화 속 세상 곳곳을 누볐지! 알렉스가 마법사의 자존심을 무너뜨려 무릎 꿇게 했어! 세상에, 그땐 정말 대단했지. 같은 해에 우리는 마더구스를 만났고 엄마가 밥 아저씨와 결혼했어."

두 번째도 기억나자 베일리는 자신감이 샘솟았다. 그리고 얼른 세 번째 권으로 손을 뻗었다.

"《동화의 땅 3: 오래전에 사라진 군대》." 베일리가 제목을 읽었다. "이건 분명 동화 속 세상을 정복하려 했던 군대 이야기야! 마더구스와 그림 형제 덕분에 이 군인들은 200년 동안이나 문 안에 갇혀 있었어! 삼촌이 등장했고, 용의 알을 발견했지! 삼촌은 용을 부화시켜 길렀고, 할머니가 마법의 세계로 돌아가기 전에 용을 처치했어! 그런 일이 있었는데도 엄마가 우리에게 집 밖에 나가는 걸 허락했다니 놀라워."

베일리가 네 번째, 다섯 번째 책으로 옮겨 갈수록 기억은 마구 흘러넘치기 시작해 따라잡기 힘들 정도였다. 엄청난 가뭄 한가운데 폭풍우가 몰아치는 것 같았다.

"《동화의 땅 4: 문학의 여정》은 알렉스와 내가 고전 문학의 세계를 넘나들며 로이드 삼촌을 쫓던 이야기야! 삼촌이 우리를 캐멀롯과 로빈 후드의 세계에 각각 찢어 놓지 못하도록 얼른 멈추게 해야 했어. 《동화의 땅 5: 작가의 임무》는 내가 쓴 단편 소설 속으로 여행했을 때 이야기야! 우리는 실수로 브리의 글 속으로 들어갔고, 로이드 삼촌은 아직 죽지 않은 자들의 공동묘지에 갇혔지! 우리는 얼른 병원으로 돌아가서 알렉스에게 어떤 일이 벌어졌는지 말하려 했지만, 도착하니 알렉스는 이미 사라지고 없었어…….”

베일리는 선반에서 여섯 번째이자 마지막 책을 꺼내 표지를 들여다봤다.

"《동화의 땅 6: 뉴욕 대모험》." 베일리가 제목을 읽었다.

하지만 불행히도 이 책 제목은 나머지 책들이 그랬던 것처럼 기억을 불러일으키지 않았다. 베일리는 이 책이 어떤 내용이며 어떤 사건에서 영감을 받아 썼는지를 기억해 내려고 무진장 애썼지만 아무런 소용이 없었다. 어쩌면 머릿속에는 해답이 없을지도 모르지만, 베일리는 자기가 얻고자 하는 정보가 책 어딘가에 분명히 있으리라는 사실을 알았다. 심지어 자기가 사실과 다른 행복한 결말로 독자들을 이끌었다 해도 베일리는 행간에 숨겨진 의미를 읽고 진실을 발견할 수 있으리라 확신했다.

그렇게 많은 사람에게 사랑받는 아동 소설 작가 베일리는 숨을 깊게 들이쉬고 자기가 쓴 책의 첫 장을 펼친 다음 읽기 시작했다. 그 속에 담긴 이야기를 읽고 오래전 알렉스가 어디로 갔는지 기억해 내기를 진심으로 바라며…….

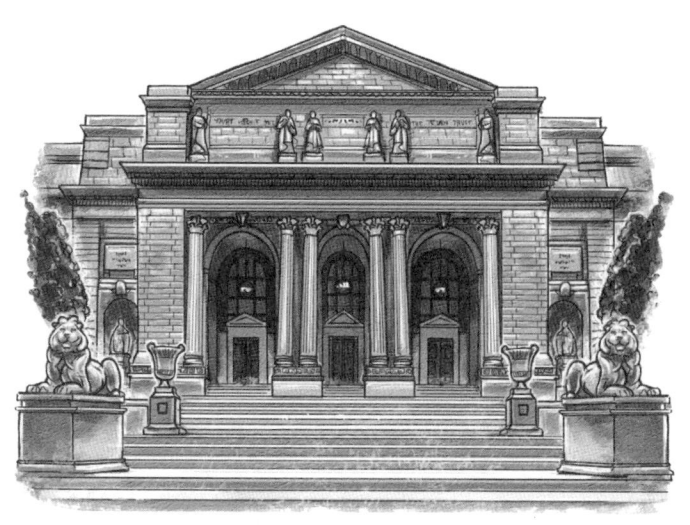

1장
도서관에서 온 구조 요청

뉴욕 공립 도서관 큰 복도, 다른 날과 별다를 바 없는 어느 날 오후였다. 세계적으로 유명한 이 건축물의 대리석이 깔린 복도에는 예의 없는 관광객이나 차분하지 못한 대학생들, 현장 학습을 나온 시끄러운 초등학생들의 발소리로 가득 찼다. 관광 가이드들은 이 도서관의 잘 알려지지 않은 역사에 대해 소개하며 예전에 이곳에서 찍은 영화에 대한 질문이 나와도 무례하게 눈을 위로 치켜뜨지 않으려 애썼다. 사서들은 위층에 있는 유명한 열람실로 사람들을 안내하며 도서관에 비치된 책을 화장실에 가져가선 안 된다는 사실을 누차 상기시켜야 했다.

조금 뒤 저녁, 기묘하고 이상한 사건이 일어날 것이라는 암시는 그 어디에도 없었다. 하지만 기묘하고 이상한 사건들은 원래 아무런 경고 없이 일어나는 법이다.

경비원인 루디 루이스는 오후 4시부터 자정까지 5번로에 자리한 도서관 입구를 순찰하는 교대 근무를 하는 중이었다. 루디는 도서관 현관 계단 옆쪽에 자리한 '끈기와 인내'라는 이름의 도서관 명물인 사자상을 기어오르는 십대 아이들에게 소리 질렀다. 그리고 분수대 옆에서 잠을 청하려는 노숙자들에게 거리 건너편 쉼터로 가서 자라고 친절하게 안내했으며, 고맙게도 노숙자들이 그렇게 하자 사자상을 기어오르는 또 다른 십대 무리에게 다시 소리를 질러야 했다. 도서관이 문을 닫고 정리를 마치자 루디는 나머지 근무 시간 동안 도서관 내부를 순찰했다.

루디는 몇 시간이고 이 4층 건물의 텅 빈 복도를 이리저리 왔다 갔다 하면서 탁 트인 라운지나 복도, 열람실, 계단 등을 살폈다. 근무가 끝나기 5분 전 루디는 이곳 도서관에 자기 말고는 아무도 없다고 확신했고, 다음 경비원에게 교대 근무를 넘기고자 했다. 하지만 마지막으로 3층을 둘러보는 과정에서 루디는 뭔가가 잘못됐다는 사실을 깨달았다.

길고 어두운 복도 끝에 한 젊은 여성이 서 있는 모습이 경비원 루디의 눈에 들어왔던 것이다. 이 여성은 반짝이는 흰색 드레스를 입고 있었고, 딸기색을 띤 금발에, 선 채로 잠을 자기라도 하는 듯 머리를 수그리고 있었다. 처음에 이 젊은 여성을 발견했을 때 루디는 깜짝 놀랐다. 그날 밤 이곳을 열 번도 넘게 지나다녔지만 누군가를 본 것은 그때가 처음이었다. 이 젊은 여성은 마치 하늘에서 뚝 떨어진 듯했다.

"실례합니다." 루디가 말했다. "여기서 뭐 하세요?"

젊은 여성은 대답이 없었다.

"이봐요, 내가 지금 묻고 있잖아요." 루디가 말했다.

화가 난 경비원은 상대의 주의를 끌기 위해 손전등을 비췄지만 여성은 전혀 움직이지 않았다. 빛을 비춰 보니 이 여성은 몸을 덜덜 떨고 있었고 피부는 마치 유령처럼 창백했다. 아주 잠깐 루디는 유령이 아닐까 생각했다. 그동안 줄곧 동료들이 이곳 도서관에 유령이 나타나곤 한다고 경고했지만, 지금까지는 그 말을 믿을 만한 적이 한 번도 없었다.

"도서관은 이미 문 닫았어요." 루디의 목소리가 갈라졌다. "이곳 직원이 아니라면 당신은 지금 뉴욕시의 공공 재산을 침범한 겁니다."

그래도 젊은 여성은 한마디도 하지 않았고, 루디 쪽을 바라보지도 않았다. 여성이 계속 아무 말도 하지 않자 루디는 머리가 돌아버릴 지경이었다. 옆에 오래 서 있을수록 이 젊은 여성은 점점 더 소름 끼쳤다. 공포영화에 등장하는 경비원들의 운명이 루디의 눈앞에 어른거렸다. 하지만 루디는 최대한 용기를 쥐어짜 내며 이 수상한 젊은 여성에게 다가갔다.

"아무 대답도 하지 않으면 경찰을 부를 겁니다!"

그때 젊은 여성이 헉 하고 숨을 들이마시면서 고개를 쳐드는 바람에 루디는 너무 놀라 펄쩍 뛰어올랐다. 여성은 마치 지금 막 악몽에서 깨어난 것처럼 무서워하며 미친 듯이 주위를 둘러보았다.

"여기가 어딘가요?" 여자가 헐떡거리며 말했다.

"여기는 도서관이에요." 루디가 대답했다. 하지만 그의 대답은 여성을 더욱 혼란에 빠뜨렸다.

"도서관이라고요? 어느 도서관이죠?"

"5번로 42번가 동쪽에 자리한 뉴욕 공립 도서관이에요." 루디가 대답했다.

"이런, 안 돼!" 젊은 여성이 울부짖었다. "얼른 여기서 도망쳐야 해요! 이제 곧 끔찍한 일이 벌어질 거예요!"

"대체 무슨 말을 하는 건가요? 그나저나 여기는 어떻게 들어왔나요?"

"그 사람이 무슨 꿍꿍이인지는 몰라도, 내가 당신을 다치게 하기 전에 얼른 여길 떠나세요!" 젊은 여성이 애원했다. "제발요, 내 말 좀 들어요! 나는 나 스스로를 통제할 수 없어요!"

여성의 푸른 눈동자에서 눈물이 넘쳐 얼굴 위로 흘러내렸다.

"누구에 대해 말하는 건가요?" 루디가 물었다. "여기는 당신과 나 둘뿐이에요."

"나에게 저주를 건 마녀 말이에요! 마녀가 뭔가 끔찍한 짓을 하도록 나에게 주문을 걸었어요!"

"아가씨, 마약에 취한 게 분명하군요." 루디가 말했다. "당신을 밖으로 데리고 나가 경찰을 부를 겁니다."

"내 쌍둥이 남자 형제를 찾아가세요! 그 애만이 우리를 도울 수 있어요. 그 애 이름은 코너 베일리이고 지금 윌로 크레스트의 성 앤드루스 아동 병원에 있을 거예요."

"그래요, 그래요." 루디가 적당히 대꾸하면서 그녀의 팔을 붙잡았다. "이 도시에는 당신 같은 사람을 도와주는 곳이 아주 많답니다. 더는 여기 계시면 안 돼요."

경비원은 여성을 출입구 쪽으로 데려가려 애썼지만 그녀는 꼼짝도 하지 않았다. 루디가 있는 힘껏 팔을 잡아끌었지만 젊은 여성은 마치 바닥에 달라붙은 듯 그 자리에서 조금도 움직이지 않았다.

"너무 늦었어요!" 젊은 여성이 말했다. "주문의 효력이 느껴져요! 마녀가 가까이 온 것 같아요. 제발 여기서 도망가요!"

그때 여자의 눈이 뒤집히면서 번쩍이기 시작했고, 경비원은 겁에 질려 꼼짝도 못 했다. 여자의 머리카락이 곤두서더니 천천히 깜박이는 불꽃처럼 공중에 둥둥 떴다. 루디는 경비원 생활을 하면서 이런 광경은 처음이었다.

"당신에게 대체 무슨 일이 벌어지고 있는 건가요?"

젊은 여성이 루디의 가슴에 손바닥을 올리자 손에서 불꽃이 폭발했고, 루디는 넘어져 복도 바닥을 따라 죽 미끄러졌다. 바닥에 쓰러진 루디는 몸 전체가 감전된 것처럼 짜릿짜릿했다. 그리고 눈앞이 흐려지면서 정신도 점차 희미해졌다. 루디는 몸에서 힘이 완전히 빠져 의식을 잃고 기절하기 바로 직전, 무전기에 손을 뻗어 입가로 가져갔다.

"경찰……." 루디가 헉헉거리며 내뱉었다. "도서관으로 경찰을 불러 줘요. 지금 당장!"

얼마 지나지 않아 두 대의 경찰차가 도서관 앞으로 급히 달려왔고, 5번로는 붉은 불빛과 푸른 불빛으로 번쩍거렸다. 남자 경찰관 한 명이 첫 번째 경찰차에서 내렸고, 여자 경찰관 한 명이 두 번째 경찰차에서 내렸다. 경찰관들은 권총을 들어 올려 쏠 준비를 하고는 서둘러 현관 계단으로 올라갔다.

"지금 막 호출을 받고 오는 참입니다. 지금 어떤 상황인가요?" 여자 경찰관이 물었다.

"잘 모르겠습니다." 남자 경찰관이 대답했다. "도서관 내부 어딘가에서 구조 요청이 왔어요. 조심해서 접근해야 합니다."

"이런 세상에." 여자 경찰관이 헉 소리를 내며 말했다. "저길 봐요!"

여자 경찰관은 도서관 현관을 가리켰다. 커다란 문이 저절로 천천히 열리더니 조금 뒤 하얀 드레스를 입은 젊은 여성이 공중에 둥둥 뜬 채 복도를 지나 도서관 현관 맨 위쪽 계단에 착지했다. 아무리 별별 일이 다 벌어지는 뉴욕이라 해도 눈빛이 번쩍이고 머리카락이 곤두선 누군가가 둥둥 떠다니는 모습에는 익숙지 않았다. 처음에 받은 충격이 가

시자 경찰관 두 명은 사자상 뒤편으로 가 몸을 숨긴 후 무릎을 꿇고 여자를 향해 총을 겨눴다.

"손 들어!" 남자 경찰관이 명령했다.

하지만 젊은 여성은 경찰의 지시에 따르지 않았다. 그 대신 여성은 사자상을 가리켰고, 그러자 강력한 번개 두 개가 사자상 위로 떨어졌다. 경찰관은 번개를 피하려고 냅다 땅바닥으로 뛰어들어 엎어졌다.

"저게 뭔가요?" 남자 경찰관이 물었다.

"번개예요!" 여자 경찰관이 대답했다. "하지만 이해가 되지 않는군요. 하늘에는 구름 한 점 없는데!"

경찰관들은 서로를 부축해 일으켜 주면서 고개를 휙 돌려 사자상을 바라보았다. 사자상에서 쩍쩍 갈라지는 듯한 기묘한 소리가 들렸기 때문이다. 그리고 두 사람은 사자상이 원래 서 있던 자리에서 들어 올려져 공중으로 솟아올랐다가 젊은 여성이 서 있는 앞쪽 계단에 착지해 경찰관들이 더는 가까이 오지 못하게 막는 모습을 깜짝 놀란 채 바라보았다. 그 과정에서 요란한 소리가 나는 바람에 그 블록에 주차된 차들의 도난 경보 장치가 일제히 울렸다.

"이게 도대체 무슨 일이야!" 남자 경찰관이 말했다. "사자상이 살아 있는 것처럼 움직이잖아! 어떻게 이럴 수 있죠?"

여자 경찰관이 어깨에 있는 무전기를 두드렸다. "산체스 경관이 긴급하게 보고 드립니다." 경찰관이 말했다. "도서관이 공격을 받고 있습니다. 반복합니다. 도서관이 공격을 받고 있습니다! 즉시 출동 가능한 인력을 전부 파견해 주십시오!"

"알았습니다, 산체스 경관." 무전기에서 응답하는 목소리가 들렸다. "가능한 한 모든 경찰에 연락했습니다. 누구, 또는 무엇이 공격하고 있는지 알 수 있을까요?"

여자 경찰관은 여전히 믿기지 않아 대답하기를 망설였다.
"마법사입니다." 경찰관이 숨 가쁜 목소리로 말했다. "도서관이 마법사에게 공격받고 있습니다!"

2장

아직 설명되지 않는 사건

윌로 크레스트 소방본부에서 처리한 사건 중 성 앤드루스 아동 병원에서 일어난 사건 같은 경우는 처음이었다. 한밤중에 호출을 받고 달려온 소방관들은 폭발이 일어나 건물이 어느 정도 손상됐다는 사실은 보고받았지만, 아동 병원에 도착해서 맞닥뜨린 눈앞의 장면은 도저히 믿기질 않았다. 현장에는 꺼야 할 불도 치워야 할 잔해도 거의 없었다. 남아 있는 벽은 폭발에 의해 검게 그을린 흔적조차 없었다. 소방관들이 보기에 여자 화장실은 폭발했다기보다는 아예 통째로 사라진 것에 가까웠다.

"벽이 손상을 입은 게 아니라 아예 그냥 사라져 버렸는데." 한 소방관이 다른 소방관에게 말했다. "만약 폭발이 있었다면 지금 이곳은 타일 조각으로 가득해야 할 거야. 하지만 여기에는 돌멩이 조각 하나 없는데."

"병원 직원 말에 따르면 몇 시간 전만 해도 여기 제대로 된 화장실이 있었다고 해요." 두 번째 소방관이 말했다. "만약 폭발이 있었다면 어떻게 잔해가 그렇게 빨리 치워질 수 있겠어요?"

소방관들은 병원을 돌아다니며 사람들에게 물어봤지만 폭발 사건을 직접 목격한 사람이 아무도 없었기 때문에 상황은 더욱 기묘하고 복잡해졌다. 소방관들은 혹시 트랙터 같은 것으로 화장실을 통째로 옮긴 건 아닌지 병원 근처를 샅샅이 살폈지만 그런 바퀴 자국 같은 것도 보이지 않았다.

"보고서를 어떻게 작성해야 할까?" 첫 번째 소방관이 두 번째 소방관에게 물었다. "이 병원을 담당하는 보험회사에서 우리에게 묻고 싶은 게 있겠지? 하지만 도저히 화장실이 일어나서 걸어 나간 것 같다고는 말 못 하겠어."

"아직 설명할 수 없는 사건이라고 기록해 두죠." 두 번째 소방관이 말했다. "이 사건은 우리가 받는 월급에 비해 지나치게 까다로운 사건인 것 같아요. 어떤 일이 벌어졌는지 알아내려면 철저한 조사가 필요한 것 같으니까 말입니다."

소방관들은 더는 조사하지 않고 현장을 출입금지 테이프로 둘렀다. 그러고는 병원 관리자에게 옆 도시에 사는 폭발 전담 조사관 연락처를 알려 주었다. 하지만 이 전문가는 다음 주까지는 시간이 나지 않기 때문에 사라진 화장실은 조사관이 도착할 때까지 거대한 수수께끼 같은 구멍을 그대로 남겨둔 채 있어야 했다.

조사관이 방문하기 전날 자정까지 현장은 그 누구의 손도 닿지 않은 채 그대로 방치되어 있었다. 그러다가 열다섯 살짜리 소년 한 명이 노란색 테이프를 넘어 와 아무것도 없는 출입문 앞에 걸터앉았다. 소년의 눈에는 힘이 전혀 없었고, 마음이 무거워 마치 온 세상의 무게를 어깨에 짊어진 듯했다. 소년은 깊은 생각에 빠진 채 커다란 구멍을 통해 저멀리 윌로 크레스트 시내의 건물들을 바라보았다.

소년은 이 화장실 앞으로 돌아오면 머릿속을 맴도는 질문들에 대한 답을 얻을 수 있으리라 기대했다. 하지만 불행히도 화장실이 온데간데없이 사라지면서 모든 답도 사라지고 말았다.

"안녕, 코너!"

열여섯 살짜리 소녀 한 명이 갑자기 바깥에서 병원 안을 들여다보는 바람에 코너는 심장이 멎는 줄 알았다. 소녀는 분홍색과 푸른색으로 앞머리를 한 줄기씩 염색한 금발에 보라색 비니를 쓰고 있었다.

"브리!" 코너가 외쳤다. "여기서 뭐 하는 거야? 몰래 옆길로 샌 별로 외출 금지당한 거 아니었어?"

"맞아, 그랬지." 브리가 말했다. "대학교 갈 때까지 외출할 수 없지. 나는 부모님이 그렇게 화가 난 모습은 처음 봤어. 그분들은 그저 내가 코네티컷에 있는 친척을 몰래 만나러 간 줄 아셔. 우리가 독일까지 날아갔다가 돌아왔다는 사실을 알면 우리 부모님이 어떤 반응을 보일지 상상도 안 돼."

"이렇게 몰래 나왔다가 걸리면 어떻게 하려고?" 코너가 물었다.

"걱정하지 마, 괜찮아." 브리가 말했다. "여덟 살 때부터 집을 몰래 빠져나왔는걸 뭐. 부모님이 침실을 확인할까 봐 베개 위에 밀랍 인형 머리를 올려 두고 다른 사람이 코 고는 소리를 녹음한 테이프까지 틀어두었거든."

"참 놀라우면서도 으스스한 방법이구나." 코너가 말했다.

브리가 어깨를 으쓱거리며 말했다. "로럴 대처 울리히가 이런 말을 했어. '고분고분한 여성은 역사를 바꾸지 못한다'고 말이야."

브리는 병원 안쪽으로 기어올라, 지하로 떨어지지 않도록 남아 있는 바닥 판을 조심스레 디뎠다. 그리고 출입구에 자리 잡은 코너 옆으로 와 앉았다.

"네가 집에 없길래 여기 와 있을 거라고 생각했어." 브리가 말했다.

"내일 조사관이 여기를 전부 파 엎기 전에 이곳의 잔해들을 다시 한번 살펴보고 싶었어." 코너가 말했다.

"어쩌면 알렉스를 만날 수도 있으니까?"

"그건 아니야." 코너가 한숨을 쉬며 말했다. "알렉스가 사라진 지 일주일이 지났고, 어디로 갔는지 전혀 알 수가 없어. 엄마와 양아버지가 도시를 샅샅이 뒤지고 있지만 흔적도 찾을 수가 없어. 잭과 빨간 망토, 레스터가 지금 이 시간에도 동화 속 세상에서 알렉스를 찾아 헤매고 있는데 아직 아무런 소식도 없고."

"그거 정말 이상하구나." 브리가 말했다. "나는 알렉스를 잘 모르지만, 이런 식으로 사라지는 건 알렉스 성격과는 맞지가 않아. 전에도 이런 적 있었어?"

코너는 자동 반사처럼 쌍둥이 남매의 체면을 세워 주고 싶은 마음이 굴뚝같았지만, 곰곰이 생각할수록 이런 식으로 갑자기 사라지는 건 알렉스답지 않다는 생각에 동의할 수 없었다.

"뭐랄까." 코너가 예전 기억을 떠올리며 말했다. "얼마 전부터 알렉스가 조금 이상해지기 시작했거든. 무언가에 마음을 빼앗긴 채 자기 힘을 제어할 수 없는 듯했어. 하지만 상황이 평소와 좀 달랐어. 스트레스를 많이 받아 짜증 나는 상황이었거든."

"알렉스가 무엇 때문에 스트레스 받았던 거야?"

"우리가 로이드 삼촌 때문에 동화 속 세상을 샅샅이 뒤질 때부터

였어." 코너가 설명했다. "삼촌에 대한 알렉스의 예감은 전부 사실이었어. 하지만 아무도 알렉스의 말을 믿어 주지 않았지. 요정 협의회에서는 알렉스가 무모하다고 여겨 로이드 삼촌을 찾지 말라는 명령까지 내렸지. 그러자 알렉스는 마음이 상했고 불꽃 덩어리 속으로 모습을 감추고 말았어. 하지만 며칠 뒤에 다시 나타났지."

"아, 그렇구나." 브리가 말했다. "그러면 어쩌면 모습을 감추는 건 알렉스의 성격과 어긋나지 않은 것일 수도 있네."

"그럴 수도 있어. 사라지는 것에 대해서는 말이야. 하지만 알렉스는 친구들이 도움을 필요로 할 때 친구들을 모르는 척하는 사람은 아니야." 코너가 말했다. "마침내 상황이 바뀌기 시작하던 참이었거든. 우리는 내가 쓴 이야기 속 등장인물들을 전부 모았지. 드디어 동화 속 세상에서 이야기 속 군대와 싸울 준비가 된 거야. 그런데 왜 하필 이럴 때 사라진 거지? 말이 되지 않잖아."

"내가 탐정처럼 추리해 보면, 로이드 삼촌과 뭔가 관계가 있는 것 같아. 예전에 알렉스가 폭발했을 때도 삼촌 때문이었으니까 말이야." 브리가 말했다. "하지만 또 다른 세상에서 나와 에머리히는 그 사람과 계속 함께 지냈어. 알렉스는 삼촌을 발견하지 못했지. 화가 났다면 다른 사람 때문이었을 거야."

코너가 고개를 끄덕였다. "바로 그 부분에 대해 알아보려고 했던 거야."

사라진 화장실이 소방관들을 혼란스럽게 했듯, 알렉스의 행동이 두 사람을 혼란스럽게 했다. 그리고 소방관들과 마찬가지로 코너와 브리는 전체 이야기 중 한 조각을 놓치고 있다는 사실을 알았다. 하지만 불행히도 사라진 화장실 문제와는 달리 알렉스의 실종을 도와줄 전문가는 아무도 없었다.

"그럼 그 이야기 속 등장인물들은 지금 뭐 하고 지내?" 브리가 물었다.

"병원 식당에 꼼짝 않고 있느라 조금 답답해하는 것 같아." 코너가 대답했다. "등장인물들을 바깥으로 내보내 공기를 쐬게 해야 하는데. 하지만 주변 사람들에게 의심을 사지 않으려면 한 사람씩 교대로 내보내야 해. 밥 박사님이 로빈 후드의 부하인 '무법자들'과 피터 팬과 함께 사는 '길 잃은 소년들'에게 공원에서 축구하는 법을 가르쳐 주었어. 그러면 넘치는 에너지를 좀 발산할 수 있을 테니까 말이야. 그리고 우리 엄마가 미라의 붕대를 새로 갈아 주었더니 식당에서 풍기는 악취가 훨씬 줄어들었지. 사이보그들이 콘센트에서 전기를 너무 많이 쓰는 바람에 병원 퓨즈를 태워버리고 말았어. 또 지블링 남매가 영웅이 어디 있는지 찾느라 밤마다 시내를 순찰하고 있어서 도시 범죄율이 매우 낮아졌지. 그리고 〈스타보디아〉의 해적들은 텔레비전을 하나 구해 인기 시트콤 〈왈가닥 루시〉를 연속해서 보는 중이야. 이 시트콤은 누구의 성질도 돋우지 않으면서 신경을 집중시켜 주거든."

"등장인물들이 잘 지낸다니 다행이다." 브리가 말했다. "하지만 이런 일을 계속해서 신경 써야 하는 게 어떨지 상상조차 하기 힘든걸. 아직 죽지 않은 자들의 공동묘지에서 몇 시간 머물렀던 것만으로도 나에게는 충분히 초현실적인 경험이었거든. 그런데 너는 네가 창조한 소설 속 등장인물들과 오랫동안 함께 지내고 있잖아. 마치 비현실적인 가족처럼 느껴질 것 같아."

"할머니가 용을 베어 죽인 것에 비하면 어떤 일도 그렇게 충격적이지 않아. 난 그 모습을 직접 봤다고." 코너가 웃음을 터뜨렸다. "가족에 대해 얘기하니까 말인데, 코넬리아 할머니와 에머리히는 독일에 안전하게 도착했을까? 에머리히를 집까지 태워다 주다니 코넬리아 할머니는 정말 친절한 것 같아."

"다행히도." 브리가 말했다. "코넬리아 할머니가 말하길 에머리히와 어머니인 히멜스바흐 부인은 다시 만날 수 있게 돼 무척 기뻐했다고 해. 두 사람은 노이슈반슈타인 성에서 가능한 한 멀리 벗어나기 위해 오스트레일리아로 이사 갔어. 완다와 프렌다는 로이드 삼촌이 우리를 납치했을 때부터 바이에른에 발이 묶여 있었기 때문에 코넬리아 할머니가 두 사람을 데리고 어제 코네티컷에 무사히 도착했대."

"코넬리아 할머니가 이 모든 문제를 척척 처리하는 모습을 보면 정말 놀라워." 코너가 말했다. "다른 차원의 세계와 접하면 보통 다른 사람들은 겁에 질려서 당황하기 마련인데, 코넬리아 할머니는 그러지 않잖아."

브리는 미소를 지으며 고개를 끄덕일 수밖에 없었다. 코너에게 온전히 사실대로 말한 게 아니었기 때문이다. 에머리히가 납치되었을 때 브리는 코네티컷에 있었고, 코넬리아는 친절하게도 브리에게 독일로 가는 비행편을 제공해 에머리히의 어머니가 아들을 찾을 수 있도록 도와주었다. 또 로이드 삼촌이 에머리히를 또 다른 세상으로 다시 데려왔을 때 이들은 마침 노이슈반슈타인 성에 있었다. 하지만 코너는 알렉스가 사라진 일에 완전히 정신을 빼앗긴 상태라 브리는 자세한 내용은 말하지 않는 게 좋겠다고 생각했다.

브리는 어째서 코네티컷에 있는 자기 친척을 만나러 갔는지 결코 얘기하지 않았다. 코네티컷에서 '그림의 자매들'이라고 불리는 비밀 단체의 일원이 되었다거나, 이들이 동화 속 세상으로 들어가는 문을 추적했던 오랜 과정에 대해서도 이야기하지 않았다. 브리는 코너가 이런 일을 알게 돼도 좋을 좀 더 나은 시점이 오기를 바랐다. 하지만 알렉스가 사라진 기간이 길어지면서 이야기를 털어놓는 게 점점 더 어색해졌다.

"코넬리아 할머니 나이쯤 되면 그렇게 크게 놀랄 만한 일이 없대." 브리가 말했다. "사실 시간이 나면 내가 코넬리아 할머니에게 갔던 일에 대해 너에게 좀 더 자세히 얘기하려고 했어……."

그때 두 사람 뒤쪽 복도 끝에서 발소리가 나는 바람에 브리는 말을 멈추었다. 잠시 뒤 트롤벨라가 사라진 화장실 출입구에서 모습을 드러냈다. 젊은 트롤 여왕은 브리와 코너가 같이 있는 것을 발견하자 곧장 팔짱을 끼고 노려봤다.

"흠, 말을 물가에 데려갈 수는 있어도 물을 먹일 수는 없듯이, 내가 저 여자애를 코너에게서 떨어뜨려 놓을 수가 없구나." 트롤벨라가 재치 있게 말했다.

코너가 어이없다는 듯이 눈동자를 위로 뒤집었다. "대체 뭘 원하는 거야, 트롤벨라?"

"콩나무 씨, 개구리 부인, 용감한 맥기가 돌아왔다는 사실을 알려 주려고 왔어." 트롤벨라가 말했다.

"누굴 말하는 거야?" 브리가 물었다.

"잭, 빨간 망토, 레스터가 동화 속 세상에서 돌아왔다는 말이야." 코너가 이렇게 말하고는 갑자기 벌떡 일어났다. "어쩌면 그 사람들이 알렉스에 대해 뭔가 알아냈을지도 모르겠다! 트롤벨라, 엄마와 밥 박사님에게도 그 사실을 알려 줄래? 두 분은 3층에서 야간 근무 중이셔."

"나는 네 심부름꾼이 아니야, 멋쟁이." 트롤벨라가 말했다. "네가 나와 진지한 관계를 시작할 마음의 준비가 되기 전까지는 너에게 호의를 베풀지 않겠어."

"좋아." 코너가 말했다. "브리, 미안하지만 엄마와 밥 박사님에게 가서……."

"좋아, 내가 멋쟁이 시부모님을 데려오지." 트롤벨라가 말했다.

"하지만 나에게 애원하는 건 그만둬. 내가 없으면 네가 얼마나 약해지는지 보고 싶지 않으니까."

트롤벨라가 샬럿과 밥을 데리러 가는 동안 코너와 브리는 병원 식당을 향해 뛰어갔다. 두 사람은 오즈, 네버랜드, 셔우드 숲, 이야기의 땅에서 온 사람들과 코너의 단편 소설인 〈비행선 소년의 모험〉, 〈지블링〉, 〈갤럭시 여왕〉의 등장인물들 전부가 잭과 빨간 망토를 둘러싸고 있는 모습을 발견했다. 두 사람이 도착한 것에 관심이 없는 사람은 텔레비전 앞에서 결코 떠나지 못하는 〈스타보디아〉의 해적들뿐이었다.

"아직도 저 멍청한 여자에게서 눈길을 떼지 못하는 저 사람들은 대체 누구야?" 빨간 망토가 물었다. "다른 세계는 우리 세계보다 더 발전했을지 모르지만 몇 가지 지독하게 나쁜 습관을 낳은 게 분명해."

"흠, 그건 그렇고…… 알렉스 찾았어요?" 코너가 단도직입적으로 물었다.

잭이 천천히 고개를 저었다. "아니, 못 찾았어. 알렉스가 갈 만한 장소는 샅샅이 뒤졌거든. 요정 궁전의 잔해, 하늘 위 거인의 성, 차밍 궁전의 시계탑까지 말이야. 하지만 알렉스의 머리털 하나조차 찾지 못했어."

그 소식에 실망한 코너는 주저앉고 말았다. 만약 동화 속 세상에도 없다면 알렉스를 어디에서 찾아야 할지 도무지 알 수 없었다. 코너는 생각이 꼬리에 꼬리를 물어, 처음에는 알렉스가 어디 있을지 고민하다가 이제는 알렉스를 영원히 찾을 수 없게 될까 봐 걱정됐다.

"알렉스를 찾지 못한 건 안됐지만 그래도 이렇게 무사히 돌아와서 기뻐요." 골디락스가 갓 태어난 두 사람의 아들을 안은 채 잭에게 말했다. "아무리 레스터 등에 올라타고 높이 날아다녔다고 해도 발각되지 않았다니 기적이네요."

잭은 아내 옆으로 다가가 아들 히어로의 이마에 입을 맞췄다. 빨간 망토는 자기감정에 취해 골디락스를 뒤에서 꽉 껴안았다.

"골디락스, 몸이 괜찮아졌구나!" 빨간 망토가 말했다. "아기를 낳고 그렇게 빨리 걸어 다녀도 괜찮은 거야?"

"나는 아기를 낳은 거지 고래를 낳은 게 아니거든, 빨간 망토." 골디락스가 대꾸했다. "동화 속 세상은 어때? 상황은 좀 나아졌어?"

"우리가 떠날 때와 다를 바 없어요." 잭이 말했다. "모든 왕국의 주민들은 여전히 백조의 호수에 머물러 있어요. 사람들이 황제를 위한 기념물을 짓고 있지 않다면요. 이야기 속 군대는 마치 곧 벌어질 뭔가를 준비하듯이 북쪽 성 잔디밭에 줄지어 있지만, 온종일 하는 일이라고는 행진뿐이더라고요."

"마치 전쟁을 준비한다는 것처럼 들리네요." 골디락스가 말했다. "우리가 오기를 기다리고 있는 건 아니겠죠?"

"아마 주민들이 반란을 일으키지 못하도록 겁을 주려는 작전일 거예요." 잭이 말했다. "그들은 왕족들이 버려진 탄광에 머무른다는 사실을 알아차리지 못한 만큼, 우리들에 대해서도 알지 못할 거예요. 어떻게 알 수 있겠어요?"

"탄광에 있는 다른 사람들은 어때요? 여전히…… 돌이 된 채인가요?" 골디락스가 물었다.

"안됐지만 그래요." 잭이 대답했다. "요정 협의회도 마찬가지고요."

"이런, 정말 생각만 해도 끔찍해요!" 빨간 망토가 몸서리를 치며 말했다. "그들의 얼굴은 공포에 질려서 전혀 매력적이지 못한 표정을 지은 채 굳어 있었죠. 만약 누군가가 나를 돌로 변하게 한다면, 나한테 미리 말해 줘서 즐거운 표정을 지을 수 있으면 좋겠어요."

"그 괴물은 어떻게 됐어요?" 양철 나무꾼이 물었다. "그게 누구인지, 무엇인지 단서라도 찾았나요?"

"그 괴물을 봤다면, 여기로 이렇게 무사히 돌아오지 못했겠죠." 블러보가 괴물 옆에 머물렀었던 끔찍한 순간을 떠올리며 말했다. "괴물이 한번 쳐다보자마자, 콰쾅! 모두가 돌로 굳어 버렸거든요. 저도 눈을 감지 않았다면 여기 오지 못했을 거예요."

뉴터스 사령관이 겁먹은 듯 침을 꿀꺽 삼키고는 코너 쪽을 돌아보았다. "이야기의 땅에 사람들을 돌로 변하게 하는 괴물이 있나요?" 사령관이 물었다.

"그건 동화 속 세상에 있던 게 아니에요." 코너가 말했다. "아마 입구 물약을 사용해서 삼촌이 데려온 괴물일 거예요. 하지만 어느 이야기에서 왔는지는 모르겠어요."

"그것도 소설 속에서 온 존재인가요?" 보 로저스가 물었다. "내가 아무것도 모르는 채로 얘기만 들었다면 그 괴물을 그리스 신화의 메두사라고 생각했을 거예요."

"메두사가 뭐예요?" 피터 팬이 물었다.

"무시무시한 괴물이에요." 보 로저스가 호들갑을 떨며 대답했다. "전설에 따르면 메두사는 몸이 길쭉하고 온몸이 비늘로 뒤덮여 있으며, 송곳니가 있고 머리카락은 온통 뱀으로 되어 있죠! 메두사가 붉은 눈동자로 한 번 바라보기만 하면 누구든 돌이 되고 말아요!"

어린 고고학자의 무시무시한 묘사를 듣고 겁을 먹은 길 잃은 소년들은 자기들의 눈과 귀, 입을 가렸다. 블리스웜도 메두사를 만날까 봐 걱정되는지 작은 손을 서로 비벼댔다.

"걱정하지 마라, 제군들이여." 로빈 후드가 말했다. "내가 그동안 만났던 젊은 여성들은 훨씬 더 무서운 존재로 변하곤 했지. 내가 낭만적인 시를 조금 읊어 주기만 해도 고분고분 내가 하라는 대로 했지만 말이야."

도둑들의 왕자 로빈 후드의 이 말은 지금 상황에서 사람들에게 전혀 위안을 주지 못했다. 코너에겐 특히 그랬다. 코너는 벌떡 일어나더니 실내를 서성거리기 시작했다. 무척 어려운 결정을 내려야 했고, 더는 시간을 끌어선 안 됐다.

"우리는 더는 시간을 낭비할 수 없어요." 코너가 말했다. "내일이라도 이야기 속 군대와 싸워 동화 속 세상을 되돌려 받아야겠어요. 알렉스 없이 이 일을 하게 될 거라고는 상상도 못 했지만, 사람들이 더는 고통에 시달리게 할 수 없어요."

"불쌍한 알렉스." 빨간 망토가 말했다. "나도 여러 번 사라진 적이 있지만 그래도 항상 몇 시간 안에는 되돌아왔는데. 알렉스가 제때 나타나서 우리를 도와주었으면 좋겠네요. 그동안 군대를 모집하느라 알렉스가 무척 애썼잖아요. 그러니 알렉스가 전쟁에 참여하지 못한다는 건 안타까운 일이에요."

그때 갑자기 골디락스가 한 가지 아이디어가 떠올라 표정이 밝아졌다. 빨간 망토의 허튼소리를 듣다 보면 골디락스는 언제나 희한한 방식으로 새로운 관점에서 좋은 생각이 떠올랐다.

"가만있어 봐." 골디락스가 말했다.

"움직이지 말라고요?" 양철 나무꾼이 되물었다.

"잠깐 생각해 보자는 말이에요." 골디락스가 대꾸하고는 다시 본론으로 돌아왔다. "우리는 지금 이야기 속 군대와 알렉스가 사라진 사건을 따로따로 보고 있어요. 하지만 생각보다 둘은 밀접하게 연결되어 있을지도 몰라요. 결국 우리는 전쟁 중이고 알렉스는 그 전쟁에서 핵심적인 인물이죠. 그러니 누군가 알렉스를 이용해서 우리를 방해하려고 할 가능성이 높아요. 어쩌면 이제 알렉스가 어디로 갔는지를 묻는 대신,

누가 알렉스를 데려갔는지 생각해 봐야 할 때인지도 몰라요."

코너는 지난주에 있었던 일에 대해 다방면으로 생각해 보았지만, 아무것도 떠오르지 않았다. 왜냐하면 알렉스는 강하고 심지가 굳기 때문이다. 그런 알렉스를 누군가가 아무도 눈치채지 못하게 병원에서 몰래 납치하다니, 코너는 도저히 상상조차 할 수 없었다. 특히 이야기 속 군대의 누군가가 범인이라면 말이다.

"그 군대가 알렉스를 데려가지는 못했을 거예요." 코너가 말했다. "아무리 이야기 속 군대가 우리가 존재한다는 사실을 안다 해도 그들이 또 다른 세상에 들어올 방법이 없잖아요. 게다가 만약 그랬다 하더라도 카드 병사나 날개 달린 원숭이가 돌아다니는 모습이 누군가의 눈에 띄었을 거예요."

"이야기 속 군대가 그랬다는 게 아니에요." 골디락스가 말했다. "전쟁을 할 때는 내가 아는 적도 있고 내가 모르는 적도 있죠. 이야기 속 군대는 그동안 우리가 맞서 왔던 적이지만, 그동안 우리가 몰랐던 제삼자가 있지 않을까요? 우리 군대가 패배하면 이득을 볼 사람은 누구죠?"

모든 등장인물들이 곰곰이 생각에 빠졌고 식당 전체가 침묵에 잠겼다. 누군가를 아예 생각지도 못한 게 분명한데, 그게 누구일까? 누구, 또는 무엇이 앞으로 다가올 전쟁을 대비했을까? 누가 몰래 모여 동화 속 세상을 지배할 계획을 세웠을까?

그때 마치 번개가 치듯 브리의 머릿속에 질문에 대한 답이 떠올랐다. 답을 깨닫는 순간 브리가 무척 큰 소리로 헉 소리를 내는 바람에 그 자리에 있던 모든 등장인물들이 깜짝 놀라 펄쩍 뛰어올랐다.

"알았어요!" 브리가 외쳤다. "우리는 그동안 마녀들에 대해서 깜박 잊고 있었어요! 마녀들은 노이슈반슈타인 성의 문을 통해 또 다른 세상에 와서 에머리히를 납치했었잖아요!"

"네가 뭔가 해낼 줄 알았어!" 잭이 말했다. "코너, 우리가 가면 쓴 남자를 쫓아서 마녀들의 맥주 양조장에 갔던 날 밤 기억나? 마녀들이 그 자리에 모였던 이유는 자기들이 실종된 아이들을 납치했다는 비난을 받을까 봐 두려워서였어. 그들은 곧 마녀사냥이 시작될 것이라는 피해의식에 시달렸지. 마녀들이 자신들을 지키기 위한 방법으로 동화 속 세상을 접수할 계획을 세웠을 가능성이 높아."

"그때 가면 쓴 남자가 이야기 속 군대를 이끌고 쳐들어온 거지." 골디락스가 말했다. "마녀들은 아마 네 삼촌을 유인하기 위해 에머리히를 납치했던 걸 거야. 그리고 이번에는 우리를 유인하기 위해 알렉스를 데려간 거지!"

"마녀들이 뭔가 사악한 계획을 세웠을 거예요." 빨간 망토가 말했다. "그들은 마녀니까 당연하죠! 찰리를 데려간 그 염소가 이 사건과 관련이 있다 해도 그리 놀랍지 않을걸요! 길 잃은 소년들과 나는 모리나의 지하실에서 실종된 아이들을 발견했죠. 아마 그 여자가 아이들을 납치해 마녀 공동체에 일부러 피해의식을 불러일으켰을지도 몰라요. 그렇게 해서 동화 속 세상을 빼앗을 빌미를 만들려고 한 거죠. 나는 이 모든 배경에 모리나가 있다고 생각해요!"

모든 사람이 깜짝 놀라 얼어붙은 채 빨간 망토를 바라보았다. 만약 그 말이 맞다면 빨간 망토가 모리나의 생각을 그렇게 쉽게 알아차린 게 조금 불안했다.

"그런 눈으로 보지 말아요." 빨간 망토가 말했다. "남을 잘 속이는 천재를 알아보려면 똑같은 부류의 사람이 필요하죠. 확실히 찰리는 특정 유형의 여성에게 매력을 느끼는 것 같아요."

"하지만 우리가 이야기 속 군대를 무찌르러 갈 계획을 세우고 있다는 사실을 마녀들은 어떻게 알았을까요? 우리가 위협이 될 거라는 사실을 어떻게 안 거죠?" 코너가 물었다.

그러자 브리가 답이 빤하다는 듯이 코너를 바라보았다.

"코너, 그들은 너나 네 삼촌보다도 에머리히가 네 사촌이라는 사실을 먼저 알아냈어." 브리가 코너에게 지적하며 말했다. "아마 마녀들이라면 수정 구슬을 들여다보면서 여러 세계에서 온 존재들이 아동 병원에서 무엇을 하고 있는지 알아내는 게 그리 어렵지만은 않을 거야!"

그리고 불행히도 그 말이 맞았다. 마녀라면 또 다른 세상의 경계를 넘어 와 들키지 않고 병원에 숨어드는 일도 쉬울 것이다. 마녀들은 알렉스보다 마법의 힘이 세서 알렉스를 인질로 삼아 동화 속 세상으로 다시 데려갈 수도 있었다. 코너는 일주일 내내 답을 찾기 위해 애를 썼지만 이 문제가 얼마나 복잡한지에 대해서는 생각지도 못했다.

"더 진행되기 전에 일단 우리가 아는 모든 걸 식탁 위에 늘어놓아 보죠." 코너가 말했다.

"무슨 식탁 말이니?" 양철 나무꾼이 물었다.

"진짜 식탁이 있다는 건 아니고 비유적인 표현이에요." 코너가 말했다. "우리는 각종 문학 작품에서 온 가장 무시무시한 악당들의 손아귀에서 동화 속 세상을 자유롭게 해방시켜야 하고, 우리 모두 돌로 변하기 전에 신화 속 존재들을 해치워야 해요. 그뿐만 아니라 사악한 모임을 여는 마녀들이 알렉스를 이용해서 우리를 공격하기 전에 물리쳐야 하고요."

식당 안의 모든 등장인물이 겁먹은 듯 눈을 크게 뜨고 서로 눈빛을 주고받았다. 블리스웜만이 전쟁이 시작될 거라는 생각에 신이 난 듯했다.

"여러분들이 무슨 생각을 하는지 알아요." 코너가 말했다. "여러분이 자원하려 했던 전쟁과는 무척 다르죠. 만약 마녀들이 참여한다면 우리보다 훨씬 우세할 거예요. 특히 그들 손아귀에 알렉스가 있다면요. 저는 우리가 이야기 속 군대를 이길 수 있다고 자신하지만, 우리가 전쟁에서 이길 수 있을지는 확신할 수 없어요."

코너는 어떻게 해야 상황을 더 유리하게 돌릴 수 있을지 고민하면서 손을 비볐다. 그러자 옆자리에 앉은 잭이 위로하듯 코너의 어깨에 손을 얹었다.

"이번에는 블리스웜도 함께할 거야." 잭이 말했다. "우리는 오랫동안 무시무시한 상황을 숱하게 겪어 왔어. 하지만 언제나 함께 헤쳐 나갔지. 물론 알렉스의 마법이 도움이 되었을 때가 많았지만, 너희 둘 모두가 아니었다면 결코 해내지 못했을 거야. 이제 주변을 둘러보렴, 코너. 너는 네 상상력에서 나온 군대에 둘러싸여 있어! 그 말은 각각의 등장인물에 너의 일부가 들어 있다는 거지. 그게 아무리 네 용기, 재주, 재치의 일부일 뿐이라 해도 말이야. 그러니 그 악당들은 우리를 이기지 못할 거야."

그 말은 코너가 가장 듣고 싶었던 격려였다. 또한, 식당 안의 다른 등장인물들에게도 응원이 되어 주었다. 잭의 말에 〈스타보디아〉의 해적들마저 며칠 동안 주구장창 보았던 텔레비전에서 눈을 떼고 고개를 들 정도였다.

"위험할 거예요." 코너가 말했다.

"우리는 위험을 사랑하죠!" 길 잃은 소년들이 외쳤다.

"몇몇 사람들은 다칠 수도 있어요." 코너가 덧붙였다.

"나는 괜찮아." 사이보그 여왕이 말했다. "'설정'에서 내 감정을 조절할 수 있거든."

"그리고 무슨 일이 일어나든 결국 우리 모두 영웅이 될 거야!" 볼

트가 말했다. 그러고는 공중으로 휙 날아올랐다.

이렇듯 소설 속 등장인물들이 기꺼이 돕겠다고 하자 코너는 저절로 미소가 지어졌다. 자기가 만들어 낸 존재들이 이렇게 큰 용기를 주리라고는 생각지도 못했다.

"좋아요." 코너가 말했다. "분명 힘든 도전이겠지만 우리는 할 수 있을 거예요. 내일 아침 우리 모두 동화 속 세상으로 들어가서 소설과 신화 속에 나오는 존재들과 마녀들을 혼내주자고요!"

모든 등장인물이 환호했다. 다들 한마음이 된 모습을 보고는 블리스웜도 기분이 좋은 듯했다.

"다들 들었는가, 여러분!" 로빈 후드가 말했다. "내일 우리는 전쟁을 시작한다네! 용감하게 마법사의 뒤를 쫓아 전쟁터로 돌진하세. 승리를 거둔 뒤에는 두둑한 보상이 따를 걸세!"

"로빈, 이긴다고 사람들에게 돈을 주지는 않을 거예요." 코너가 말했다.

"오, 그렇군." 로빈 후드가 말했다. "그럼 우리의 훌륭한 뜻을 기려 엄청난 칭찬을 받을 거야! 칭찬을 받으면 용기가 나니까!"

그때 갑자기 문이 열리고 밥과 샬럿이 식당 안으로 뛰어 들어왔다. 두 사람은 계속 달려온 듯 숨이 턱까지 차고 얼굴이 붉게 달아올라 있었다. 조금 뒤에 트롤벨라가 뒤를 따라 들어왔다. 두 사람이 너무 빨리 달린 탓에 속도를 맞추지 못했던 것이다.

"엄마, 좋은 소식과 나쁜 소식이 있어요." 코너가 말했다. "나쁜 소식은 잭과 빨간 망토가 알렉스를 찾지 못했다는 거예요. 하지만 좋은 소식도······."

"알렉스가 어디 있는지 알아냈단다!" 엄마 샬럿이 헐떡이며 말했다.

코너는 자신의 귀를 믿을 수가 없었다. "뭘 알아냈다고요?"

"텔레비전 뉴스를 틀어 봐요!" 밥이 해적들에게 말했다. "4번 채널이에요! 어서요!"

"하지만 지금 막 리키가 루시에게 자기 클럽에서 공연하는 걸 허락하는 참이라고요!" 적갈색 샐리가 말했다.

"잔말 말고 채널 돌려요!" 식당 안에 있던 모든 사람이 한꺼번에 외쳤다.

그러자 해적들은 마지못해 채널을 돌렸고, 모든 사람이 텔레비전을 둘러싸고 뉴스를 지켜봤다. 화면 속 기자 한 명이 뉴욕시 어딘가에서 생방송을 진행하는 중이었다.

"저는 맨해튼 39번가 5번로에 나와 있습니다. 이곳에서 경찰은 자동차와 행인이 지나가지 못하게 길을 통제하고 있는 중입니다." 기자가 말했다. "뉴욕 경찰은 뉴욕 공립 도서관 반경 두 블록 안으로 사람들이 들어오지 못하게 막고 있습니다. 경찰은 이런 조치를 취하는 이유에 대해서는 아직 밝히고 있지 않지만, 도서관에서 무언가 위험한 일이 벌어진 것만은 확실합니다."

방송국에서는 도서관 위로 헬리콥터 한 대가 날아다니며 찍은 흔들리는 화면을 내보내 주었다. 하지만 건물을 빙 둘러싼 붉은색과 푸른색 경찰차 불빛만이 눈에 띄었다.

"이번 주에 이 지역에서 벌어진 수상한 사건은 이번이 처음이 아닙니다." 기자가 계속해서 말했다. "앞서 말씀드렸지만, 며칠 전에는 도서관 바로 뒤 브라이언트 공원 한가운데 화장실 잔해가 버려진 알 수 없는 사건이 발생했습니다. 쓰레기를 무단으로 버린 범인들은 아직 밝혀지지 않았습니다."

"저 기자가 지금 화장실 잔해를 발견했다고 하지 않았어요?" 코너가 물었다.

"그래서 뉴스를 듣자마자 여기로 달려온 거란다!" 엄마 샬럿이 말했다.

"방금 들어온 소식에 따르면 경찰은 이 구역 주민들을 전부 대피시키기 시작했다고 합니다." 기자가 말했다. "아까 말씀드렸다시피 현재 알려진 정보는 거의 없습니다. 하지만 목격자들의 제보에 따르면 도서관 입구의 유명한 사자상이 파손되었다고 합니다."

헬리콥터 카메라가 도서관 현관에 펼쳐진 계단을 확대해서 보여주었다. 카메라 초점이 맞춰지자 사자상이 원래 서 있던 받침대가 아니라 도서관 현관 바로 앞에 놓여 있는 장면이 보였다. 마치 사자상들이 현관을 지키고 있는 듯했다. 그리고 아주 잠깐 사자상이 살짝 움직인 듯했다.

"여러분, 보이시나요?" 기자가 말했다. "어떻게 했는지 모르지만 사자상을 누군가가 조작하고 있는 것 같습니다. 오른쪽 사자상은 가까이 다가가는 경찰을 향해 울부짖는 것 같네요. 이런, 사자상이 막 경찰을 때려눕혔습니다! 경찰들이 후퇴하고 있습니다! 저는 지금껏 살면서 이런 장면은 처음 봅니다! 잘은 모르겠지만 마치 눈앞에서 마법이 펼쳐지는 것 같습니다!"

코너는 도저히 믿기지가 않아서 얼굴이 하얗게 질린 채 옆의 동료들을 바라보았다.

"이런 세상에……." 코너가 말했다. "지금 당장 뉴욕으로 가야겠어요!"

3장

거울 속 개구리

프로기는 몇 주 동안이나 햇볕을 쐬지 못했다. 그동안 밤이고 낮이고 모리나의 으스스한 지하실 안에만 갇혀 있었기 때문이다. 모퉁이 왕국과 차밍 왕국에서 잃어버린 아이들이 마녀의 끔찍한 주문으로 생명이 빨리는 바람에 침대에 조용히 누워 있었다. 아이들의 생기와 젊음은 침대 발치의 약병 속에 마법으로 바뀌어 담겼다. 그리고 모리나는 이 약병을 위층 가게에서 손님들에게 팔았다. 다행히 모리나는 바로 약병을 걷어가지 않고 며칠간 그대로 두었기 때문에 포로가 된 아이들의 생명력은 완전히 다 빨리기까지 아직 조금 여유가 있었다.

흑마법을 목격하는 시간이 길어질수록 프로기는 점점 더 화가 났다. 프로기는 어떻게 해서든 마녀의 잔인한 주술에서 아이들을 자유롭게 해 주고 싶었지만, 현실은 자기 한 몸도 자유롭게 할 수 없는 상황이었다. 아무리 그들 사이에 놓인 유리판을 세게 치고 발로 차도 유리판은 꿈쩍도 하지 않았다. 불행히도 아이들을 구하려면 마녀의 주술에 대항할 만큼 강력한 마법의 힘이 있어야만 했다. 하지만 프로기는 그런 마법의 힘이 존재하기나 할지 의문스러웠다.

거울 주변을 지나다니는 사람의 눈으로 관찰한다면 프로기는 대상도 없이 반사되는 상처럼 보였을 것이다. 거울 속 프로기는 깜깜한 어둠 속에 혼자 머물러 있었고, 모리나의 지하실은 벽도 없이 공중에 둥둥 뜬 창문처럼 보였다.

프로기가 아무리 멀리 나아가더라도 그곳에는 아무것도 없는 어둠뿐이었다. 이 기묘한 세계를 탐색하는 동안 프로기에게는 지하실의 빛 일부만 보였던 적도 여러 번 있었다. 프로기는 주술에 걸린 아이들을 지켜보는 일이 힘들었던 것만큼이나 시력을 완전히 잃을까 봐 두려웠다. 모리나의 지하실이 프로기의 감각에 자극을 주는 유일한 원천이었기 때문에 그조차 사라지면 미쳐버리는 건 아닌지 걱정되기도 했다.

거울 속 생활은 이미 프로기의 정신에 영향을 주기 시작했다. 갇혀서 지내는 시간이 길어지면 길어질수록 시간은 점점 더 빨리 갔다. 조금이라도 방심하면 몇 시간이고 몽상에 빠졌고, 잠이라도 들면 하루 이틀이 지나야 깨곤 했던 것이다. 게다가 자기가 어디에 있는지, 어떻게 거기에 들어가게 됐는지도 기억나지 않을 때가 많았다. 가장 신경 쓰이는 점은 자신이 누구인지도 기억나지 않을 때가 있다는 것이었다. 지나가는 매 순간이 점점 더 악몽처럼 느껴졌다.

"정신 차려!" 프로기가 스스로에게 외쳤다. "네 이름은 찰스 칼턴 차밍이야. 넌 25년 전에 차밍 왕국에서 태어났어. 넌 체스터 왕과 클래

리스 왕비 사이에서 태어난 넷째 아들이야. 네 형 이름은 찬스, 체이스, 챈들러야. 어머니는 네가 어렸을 때 돌아가셨고, 아버지는 찬스 형이 신데렐라와 결혼하고 얼마 되지 않아 돌아가셨어. 네게는 호프와 애시라는 이름의 여자 조카아이도 있어. 넌 항상 너만의 대가족을 꾸리기를 바랐지."

프로기는 이런 정보들을 되뇌며 머리를 감싸고 주변을 빙글빙글 돌았다. 정신이 희미해지고 잠이 들려 할 때마다 이렇게 자기에 대한 정보를 혼자 중얼거리면 정신이 되돌아오곤 했다. 하지만 날이 갈수록 이조차도 힘이 들었다.

"그러다가 네가 십대일 때 모리나라는 마녀에게 구애하는 실수를 저지르고 말았어. 하지만 모리나가 흑마법을 부린다는 사실을 알고는 바로 약혼을 취소했지. 그러자 모리나는 화가 났고 너를 개구리로 둔갑시키는 저주를 내렸어. 너는 너의 모습이 너무 부끄러웠고, 그래서 오랫동안 누구의 눈에도 띄지 않으려 노력했지. 땅속에 집을 짓고 그 안에 틀어박혀 산처럼 쌓인 책을 읽으면서 수련 잎 차를 마셨어. 그러던 어느 날 숲속에서 열두 살짜리 쌍둥이를 발견했고 그 애들이 네 인생을 완전히 바꿔놨지!"

난쟁이의 숲에서 알렉스와 코너를 만났던 기억을 떠올린 프로기는 웃음을 터뜨렸다. 쌍둥이가 불러일으켰던 온갖 난장판과 골칫거리를 생각하자 비명을 지르며 반대편으로 달려가야 할 것만 같았다. 하지만 지금은 그때의 기억을 되새기자 인생의 한순간 한순간이 귀하고 고맙게 느껴졌다.

"나에게 프로기라는 별명을 붙여 준 것도 그 쌍둥이야. 그 애들 덕에 너는 잭, 골디락스와 친구가 되었고, 빨간 망토와 약혼했고, 최근에는 중앙 왕국의 국왕이 됐지! 너는 모리나의 저주가 걸린 상태에서도 놀라운 인생 역전을 만들어 냈어! 하지만 모리나는 네가 행복해하는 모습을 참지 못하고 또다시 이 빌어먹을 거울에 가두는 저주를 내렸지! 하지만 너는 모리나의 마법이 너의 중요한 일부를 가져가도록 내버려 두지 않을 거야. 너 자신이 사라지도록 그냥 내버려 두지 않을 거라고!"

사람을 가두는 거울을 본 게 처음이 아니었기 때문에, 프로기는 이런 거울이 어떤 속성이 있는지 이미 알고 있었다. 몇 년 전 프로기는 사악한 여왕이 전설 속 소원을 들어주는 마법으로 거울 속에 갇힌 남자를 자유롭게 풀어 주는 모습을 목격한 적이 있었다. 하지만 불행히도 남자가 거울에서 풀려났을 때는 이미 모든 기억과 원래 성격, 신체적인 특징이 전부 사라진 후였다. 프로기는 자기에게도 똑같은 일이 슬금슬금 닥치리라 확신했다.

"어둠이 너를 집어삼키도록 내버려 뒤선 안 돼." 프로기가 혼잣말을 했다. "만약 어둠에 무릎 꿇는다면 너는 너무나 많은 걸 잃어버리게 될 거야! 이 감옥에서 빠져나갈 방법을 찾아야만 네가 사랑하는 사람들과 다시 함께할 수 있어! 너 자신이 누구인지 잊지 않도록 잘 기억해야만 해. 그래야 사악한 여왕의 마법 거울 속 남자처럼 되지 않을 거야! 모리나가 제 뜻대로 하지 못하게 이 무시무시한 저주와 싸워 이겨야만 해!"

프로기는 어떻게 해야 거울에서 풀려날 수 있는지 몰랐다. 하지만 모리나의 지하실을 끊임없이 돌아다니는 것만으로는 답을 찾을 수 없다는 건 분명했다. 그래서 프로기는 물갈퀴 달린 발을 다른 발 앞으로 뻗으면서 자기를 둘러싼 거대한 어둠 속으로의 탐험을 떠났다. 어느덧 모리나의 지하실이 더 이상 보이지 않았다.

프로기는 몇 시간은 족히 정처 없이 어둠 속을 헤맸다. 하지만 아무것도 발견할 수 없었다. 주변이 너무 어두워서 어떤 물체와 부딪칠지 알 수 없었고, 자기 손발조차도 보이지 않았다. 한 걸음 디딜 때마다 지하실을 떠나온 것이 엄청난 실수가 아니었을까 걱정되었고, 모든 것을 잊어버릴지도 모른다는 두려움 때문에 미칠 것만 같았다.

"제발 내가 혼자가 아니라는 증거를 찾을 수 있게 해주세요." 프로기가 큰 소리로 기도했다. "저에게는 도움을 줄 무언가가 필요해요! 어떤 것이라도 좋아요."

그때 갑자기 저 멀리서 희미한 빛이 보였다. 그 빛은 겨우 바늘구멍 정도의 크기였지만 어둠 속에서는 마치 태양처럼 환하게 빛났다. 빛을 발견한 프로기는 배 속에 나비가 가득 찬 듯 긴장되고 두근거렸다. 어쩌면 프로기는 혼자가 아닐지도 몰랐다! 프로기는 빛을 향해 전속력으로 달려갔다. 바늘구멍 같았던 빛이 길쭉한 직사각형처럼 커졌다. 어쩌면 저것은 문일지도 모른다! 하지만 그 이상한 빛 가까이로 다가간 프로기는 그것이 또 다른 유리판이라는 사실을 깨닫고는 실망하고 말았다. 이 거대한 어둠을 뚫고 나갈 방법이 있기는 할까? 모리나의 지하실이 어둠의 세계에 존재하는 유일한 풍경인가?

하지만 유리판이 보통 유리판보다 훨씬 높고 폭이 넓다는 사실을 확인한 프로기는 다시 가슴이 뛰기 시작했다. 어쩌면 새로운 무언가를 발견한 건지도 모른다! 프로기는 유리 안쪽을 들여다봤다. 그러자 그 안에서는 어쩌면 있으리라 예상했던 실종된 아이들 대신 커다란 홀이 보였다. 홀은 옅은 색 벽돌 벽으로 되어 있었고 초록색 커튼과 은색 샹들리에도 있었다.

"세상에, 여긴 궁전이잖아!" 프로기가 기쁨의 탄성을 질렀다. "잠깐만, 이 궁전이 어디인지 알 것 같아! 전에 여러 번 와 봤던 곳이야. 북쪽 궁전의 현관이야. 이건 분명 다른 거울에서 바라본 풍경일 거야! 무슨 원리인지는 몰라도 어둠이 두 개의 거울을 연결하고 있는 게 분명해."

그때 갑자기 수많은 정사각형과 직사각형 유리판이 둥둥 떠 있는 창문처럼 프로기를 둘러쌌다. 이 기묘한 현상에 프로기는 무척 놀란 나머지 개굴 하고 소리를 내고 말았다. 무언가에 이렇게까지 흥분한 건 오랜만이었다. 프로기는 유리판 안쪽을 들여다봤다. 그 안쪽에는 거실과 응접실, 침실, 복도 등이 있었고 그곳 모두 다 프로기가 너무도 잘 아는 장소들이었다.

"북쪽 궁전에 있는 모든 거울을 다 들여다볼 수가 있어!" 프로기가 외쳤다. "사악한 여왕의 마법 거울에 갇혀 있던 남자가 그렇게 대단한 스파이가 될 수 있었던 것도 이런 원리 때문이었을 거야! 어둠을 통해 거울 사이를 드나들었던 거지!"

이 새로운 발견은 프로기의 가슴을 뛰게 했다. 어쩌면 이상한 어둠의 세계에 대해 더 많이 알면 알수록 바깥으로 나가는 방법을 찾는 데 도움이 될지 모른다는 생각이 들었다. 프로기는 간절한 마음으로 모든 거울을 뒤져 가며 이야기를 나눌 누군가를 찾았다. 하지만 이상하리만치 궁전 안에는 사람이 없었다.

"이상하네." 프로기가 말했다. "전에 챈들러 왕과 백설 여왕을 여러 번 방문했지만 궁전이 이렇게까지 텅 비었던 적은 한 번도 없었는데."

마침내 프로기는 작고 동그란 거울을 들여다보다가 궁전에서 일하는 요리사 한 명을 주방에서 겨우 발견했다. 지친 기색의 요리사는 쟁반에 포도주병과 잔 세 개를 올려놓고 있었다. 요리사는 프로기가 자기를 바라보고 있다는 사실을 느낀 듯했다. 하던 일을 멈추고 프로기가 뭔가 말을 하기도 전에 이미 거울을 봤기 때문이다.

"안녕하세요!" 프로기가 기분 좋게 인사했다.

"으아아악!" 요리사가 비명을 질렀다.

요리사는 쟁반을 떨어뜨렸고 잔이 부엌 바닥에서 산산조각 나고 말았다. 무척 호들갑스러운 반응이라 프로기는 겁이 나 본능적으로 몸을 수그려 자기가 안 보이게 했다. 하지만 요리사의 반응이 놀랍지만은 않았다. 프로기의 겉모습은 보통 사람들을 겁먹게 했기 때문이다. 전혀 상상도 못 한 상황에서 거울 속에서 커다란 개구리가 갑자기 나타나니 깜짝 놀라는 건 당연한 일이었다.

"무슨 일인가!" 누군가가 걸걸한 목소리로 외쳤다.

프로기는 겨우 안을 다시 들여다봤고 군인 한 명이 부엌으로 달려오는 모습이 보였다. 하지만 프로기가 한 번도 본 적 없는 군인이었다. 키가 2미터가 넘었고 몸통은 납작한 사각형이었다. 3이라는 숫자가 갑옷 오른쪽 위와 왼쪽 아래에 적혀 있었으며 한가운데에는 클로버 무늬가 줄지어 있었다.

"죄송합니다!" 요리사가 변명했다. "황제 폐하들께 포도주를 가져다 드리려 했는데 거울 속에서 무언가가 나타나는 바람에!"

군인이 거울 속을 들여다보았지만 프로기는 이미 눈에 띄지 않게 몸을 숨긴 후였다.

"어리석긴." 군인이 말했다. "바보 같은 짓 하지 말고 어서 일이나 하도록 해! 한 번만 더 헛소리했다가는 지하 감옥에 던져버릴 테다!"

"네, 알겠습니다." 요리사가 꾸벅 절을 하며 말했다. "다시는 이런 일 없도록 하겠습니다."

요리사는 재빨리 엉망이 된 바닥을 치웠다. 그리고 쟁반에 다시 세 개의 잔과 포도주병을 올려놓은 다음 급히 부엌을 빠져나갔다.

"이해가 안 가는군." 프로기가 생각에 잠겨 혼잣말을 했다. "황제 폐하들이 누구지? 챈들러 왕과 백설 여왕에게 무슨 일이 생긴 걸까? 그리고 이 궁전에서 일하던 하인과 보초병들은 다 어디로 간 거야?"

프로기는 요리사가 궁전을 이리저리 다니는 동안 거울에서 거울로 옮겨 다니며 뒤를 쫓았다. 마침내 요리사가 넓은 식당으로 들어갔고,

프로기는 마침 커다란 난로 위의 거울을 발견했다. 예전에 북쪽 궁전 식당에 여러 번 가 봤지만 예전 모습은 거의 찾을 수 없었다.

백설 여왕과 선조들의 초상화는 전부 사라지고, 대신 그 자리에 붉은 얼굴의 여왕, 안대를 한 늙은 여자, 손에 갈고리를 한 해적의 초상화가 걸려 있었다. 초상화 속 세 사람은 식탁에 둘러앉아 수백 명도 먹을 수 있을 만큼 많은 음식으로 만찬을 즐기고 있었다. 프로기가 보기에 이들은 초상화 속에서도 매력적으로 보이지 않았지만 실제 모습은 더 지독해 보였다. 허겁지겁 야만적으로 음식을 먹는 모습은 보고 있는 것만으로도 매우 불쾌했다.

"포도주 가져왔습니다, 황제 폐하." 요리사가 이렇게 말하고 식탁을 향해 꾸벅 절했다.

"늦었잖아!" 여왕이 소리를 지르며 주먹을 쥐고 식탁을 내리쳤다. "감히 황제를 기다리게 하다니! 한 번만 더 이렇게 늦으면 목을 치겠다!"

"정말로 죄송합니다." 요리사가 사과했다.

요리사는 황제 앞에서 긴장한 나머지 잔에 포도주를 따르기 힘들 정도로 손을 떨었다. 포도주를 다 따르자 요리사는 꾸벅 절을 하고는 재빨리 식당을 빠져나갔다. 해적과 여왕은 포도주잔을 들고 한 모금 마셨지만 늙은 여자는 마시지 않았다.

"나는 안 마셔요." 여자가 으르렁거리듯 말했다. "나는 술을 잘 못 마시니까."

"우리를 위해!" 해적이 건배사를 외쳤다. "우리 세 명의 위대한 황제가 새로운 세계를 정복해 강력한 통치를 계속할 수 있기를!"

"옳소, 옳소!" 여왕이 말했다. "그리고 이번 공격도 끝까지 순조롭게 진행되기를!"

해적과 여왕은 서로 잔을 짠 하고 부딪치고는 포도주를 꿀꺽꿀꺽 마셨다. 늙은 여자는 기분이 좋지 않은지 화가 나서는 반쯤 뜯은 양 정강이 고기를 식당 바닥에 내던졌다.

"얼마나 더 기다려야 하는 거야?" 여자가 투덜거렸다. "마녀에게 마지막 소식을 들은 지도 벌써 몇 주나 지났어! 정복 작전을 벌이자고 우리를 꼬드겨 꼼짝 못 하게 하다니 정말 지독한 일이지 뭐야! 우리 군대는 이미 준비가 다 됐는데 어째서 새로운 세계를 지금 당장 공격할 수 없는 거지?"

"새로운 세계라고?" 프로기가 작게 혼잣말했다. "무슨 소리 하는 거야?"

"서쪽 마녀 웨스티의 말에 동의해요!" 여왕이 말했다. "저쪽 다른 세상에 훨씬 더 대단한 즐거움이 있다는 걸 아는데, 여기서는 아무리 좋은 것들을 누려도 즐겁지가 않아요. 그 마녀가 우리에게 연락하는 데 왜 이렇게 오래 걸리는 거죠? 정말로 실력이 좋은 건지 의심이 들어요!"

해적은 골칫거리를 생각하며 낄낄 웃었고 갈고리 손으로 턱수염을 배배 꼬았다.

"숙녀 여러분, 지금 열정이 너무 지나쳐서 판단력이 흐려지고 있어요." 해적이 말했다. "그 마녀가 뭐라고 했는지 생각해 보세요. 문이 열리기만 하면 다른 마녀들을 이끌고 새로운 세계에 먼저 들어가겠다고 했잖아요. 그렇게 해서 일단 새로운 세계의 방어막이 약해지고, 또 새로운 세계의 방어막이 마녀들의 힘을 약해지게 하면, 그때 우리를 부를 거예요. 그러면 우리가 문으로 돌진해서 새로운 세계를 우리 손아귀에 넣기만 하면 되죠! 계획대로만 된다면 승리는 떼 놓은 당상이에요. 우리는 진득하니 기다리기만 하면 된다니까요."

"기다리는 건 평민들이나 하는 짓이에요!" 여왕이 소리 질렀다.

"권력을 가진 힘 센 자들은 그 즉시 원하는 것을 얻는 법!"

"제 말 아직 안 끝났어요." 해적이 말했다. "하지만 우리는 더 이상 기다릴 필요 없어요! 새로운 세계를 공격하는 마지막 날쯤 되면 더는 기다리거나 무언가를 바라지 않게 될 거예요. 새로운 세계를 손아귀에 넣자마자 전 지구가 우리 것이 되고, 우리를 섬기는 수십억 명의 노예가 생길 테니까요!"

"나는 육지를 다스리겠어요." 여왕이 선언했다.

"나는 하늘을 다스리겠어요." 늙은 여자가 말했다.

"나는 바다를 다스리겠어요!" 해적이 말했다. "그리고 우리가 자기에게 세계를 나누어 줄 것이라 생각했던 그 멍청한 마녀는 그 생각이 착각이었다는 사실을 곧 깨닫겠죠!"

황제들은 사악한 하이에나 무리처럼 떠벌리며 악마같이 웃어 댔다. 그리고 한참 웃어 더 이상 재미가 없어지자 여왕은 입을 크게 벌리며 하품을 했다. 엄청나게 큰 입속은 커다란 수박도 들어갈 수 있을 것 같았다.

"전 세계를 지배한다는 건 힘든 일이야." 여왕이 말했다. "공격을 시작하기 전에 기운을 아껴 두는 게 좋겠어."

"아, 오늘은 정말 기분 좋은 꿈을 꿀 것 같네요!" 해적이 사악한 미소를 지으며 말했다.

황제들은 식탁에서 일어났고 잠자리에 들기 위해 식당에서 나갔다. 식당이 텅 비자 프로기는 거울 뒤에서 서성거리기 시작했다. 수천 가지 질문이 머릿속을 휘몰아쳤다.

갑자기 프로기의 시야 한구석에서 무언가가 움직였다. 그때까지 프로기는 식탁 한가운데 있는 그 물체가 깜박이는 촛불이라고 생각했다. 하지만 자세히 들여다보니 그것은 조그만 단지에 담긴 빛을 일렁거리는 작은 요정이었다. 황제들이 이 요정을 식탁 한가운데 놓는 장식품으로 썼던 것이다.

"실례합니다, 단지 속 작은 여성분?" 프로기가 말을 걸었다. "내 말 들리나요?"

그러자 작은 요정이 어리둥절한 표정으로 식당을 둘러봤다. 프로기의 말을 들은 건 분명했지만 누가 말을 걸었는지는 알아내지 못한 듯했다.

"여기 있어요! 난로 위 거울 안에요!"

작은 요정은 프로기를 올려다봤다. 지금껏 봤던 생명체 가운데 가장 특이한 존재를 본 듯한 표정이었다.

"대체 거기에는 어떻게 들어간 거죠?" 요정이 물었다.

"나도 똑같은 질문을 하고 싶네요." 프로기가 대꾸했다.

요정은 슬픈 듯이 머리를 수그렸다. "저는 몇 주 동안이나 여기 갇혀 있었어요." 요정이 말했다. "처음에는 선장이 나를 인질로 이용하더니 지금은 장식품 취급하고 있죠. 정말 모욕적이에요! 아무리 발버둥 쳐도 여기서 나갈 수가 없어요. 단지 뚜껑이 너무 단단하게 닫혀 있어요!"

"당신과 나는 비슷한 처지네요." 프로기가 말했다. "당신 이름은 뭔가요?"

"팅커벨이에요." 요정이 대답했다.

꽤 익숙한 이름이었지만 프로기는 전에 그 이름을 어디서 들었는지 기억나지 않았다.

"그런데 미안하지만 묻고 싶은 게 있어요." 프로기가 말했다. "아까 저녁 식사를 하던 그 끔찍한 사람들은 누구죠? 그리고 그들은 어디서 왔나요?"

"각각 다른 곳에서 왔어요." 팅커벨이 대답했다. "하트 여왕은 이상한 나라라는 곳에서 왔고, 사악한 서쪽 마녀는 오즈라는 곳에서 왔죠. 그리고 후크 선장과 나는 네버랜드에서 왔어요."

프로기는 그 이름들을 모두 예전에 어디선가 들어본 듯했다. 그동안 알고 있었던 지식의 조각들을 전부 끌어모아도 지금의 상황을 이해하기에는 너무나 어려웠다.

"잠깐만요." 프로기가 깜짝 놀라 말했다. "그 이름들을 알 것 같아요. 당신은 내 책장 속 책에 나오는 등장인물들이군요! 돌아가신 요정 대모님이 그 책들을 내게 선물로 주셨죠! 그런데 당신은 어떻게 이 세계로 들어온 건가요?"

"난 아직도 내가 어디에 있는지 알아내려 애쓰는 중이에요!" 팅커벨이 말했다. "어느 날 밤 친구 피터 팬과 런던 하늘을 날아다니고 있는데 갑자기 가면 쓴 남자라는 사람이 나를 납치했어요!"

"가면 쓴 남자라고요? 그럼 그 사람은 대체 당신의 이야기 속으로 어떻게 들어간 거죠?"

"그 사람은 수많은 이야기 속에 들어갈 수 있는 마법 물약을 가지고 있었어요." 팅커벨이 말했다. "그 사람은 이야기 속 등장인물들을 불러 모아 '이야기 속 군대'라는 걸 만들고 있었죠. 가면 쓴 남자는 나를 이용해서 후크 선장과 해적들을 데려왔어요. 그 사람이 사악한 서쪽 마녀, 하트 여왕과 카드 병사들, 윙키 나라 사람들, 날아다니는 원숭이들을 전부 모집하는 데 성공하면 이 세계로 쳐들어올 거랬어요! 모든 왕과 여왕이 왕좌에서 끌려 내려와 목이 잘릴 거랬어요!"

프로기는 자기 가족에게 닥칠 최악의 상황을 상상하며 두려움에 침을 꿀꺽 삼켰다.

"그러면 왕족들은 어떻게 되었죠? 목이 잘렸나요?"

"아니에요. 운 좋게도 다들 도망쳤죠!" 팅커벨이 대답했다. "여왕과 선장, 사악한 서쪽 마녀는 왕족들이 모두 도망쳤다며 가면 쓴 남자를 탓했어요. 셋은 무척 화가 나서 남자를 하늘에서 떨어뜨렸죠!"

"왕족들이 어디로 갔는지 아나요?"

"아무도 몰라요." 팅커벨이 대답했다. "가면 쓴 남자가 죽임을 당한 뒤 한 마녀가 황제들에게 접근해 새로운 세계를 손아귀에 넣을 수 있게 해 주겠다고 제안했죠. 이 세계보다 훨씬 더 큰 세계를 말이에요. 황제들은 그 제안에 무척 신이 나서 왕족들을 찾는 일도 그만뒀죠. 지금 황제들의 머릿속에는 그 마녀와 새로운 세계뿐이에요!"

"그 마녀나 새로운 세계를 부르는 이름이 있나요?"

"황제들이 한두 번 입에 올렸던 것 같아요." 팅커벨은 이름을 떠올리려 애썼다. "아마 그 마녀 이름은 모르가나, 아니 모리나였을 거예요! 그리고 모리나가 쳐들어가려고 하는 세계는 딱히 이름은 없지만 '또 다른 세상'이라고 불렀던 거 같네요."

그 말을 들은 프로기는 낯빛이 초록색으로 질렸고 속이 메슥거렸다. 거울에서 나가는 게 문제가 아니었다. 그보다 훨씬 더 큰 문제가 닥칠 게 분명했다.

"이런 세상에." 프로기는 숨이 턱 막혀 말을 잇지 못했다. "마녀와 이야기 속 군대가 쌍둥이들이 사는 세상에 쳐들어갈 예정인 거야! 어서 알렉스와 코너를 찾아야만 해. 그리고 그 애들에게 조심하라고 알려줘야 해!"

4장

꿈속에서 벌어진 놀라운 일

아서는 무척 재미있는 꿈을 꾸고 있었다. 그는 처음에는 땅을 기어 다니는 작은 개미였다. 풀잎이 마치 나무처럼 눈앞에 우뚝 서 있었고, 흙이 깔린 땅이 마치 거대한 계곡처럼 드넓게 펼쳐져 있었다. 흔히 볼 수 없는 독특한 경치였지만 개미인 아서의 걸음으로는 그렇게 멀리 가지 못했다. 그래서 앞으로 영국의 왕이 될 아서는 다리를 길게 늘여서 메뚜기가 되어 잔디밭을 껑충껑충 뛰기 시작했다.

아서는 한 상록수의 뿌리 근처에 이르렀고 나뭇가지가 공중에 뻗어 있는 멋진 모습에 감탄했다. 아서는 그 나뭇가지에 오르고 싶었지만 그러려면 메뚜기의 몸으로는 무리라는 사실을 깨달았다. 그래서 이번에는 발톱 네 개와 털이 보송보송한 꼬리가 달린 다람쥐가 되어 나무 위로 총총 올라갔다. 나무 꼭대기에 올라간 아서는 하늘에 뜬 솜털 같은 구름을 놀라움이 가득한 눈으로 구경했다. 이제는 저 구름 위를 날고 싶다는 마음이 간절했다. 그래서 조그만 팔을 한 쌍의 멋진 날개로 변신시켜 독수리가 되어 공중으로 날아올랐다.

아서가 이런 꿈을 꾸게 된 것은 연극 같은 방식으로 가르치는 마법사 멀린의 영향을 받아서인 게 분명했다. 최근에 멀린은 아서를 마치 연극배우처럼 다양한 존재로 바꿔 가며 위대함과 감사함에 대해 알려 주었다.

"마음이 좁은 사람은 다른 사람을 억압하곤 하지. 진정한 힘을 가지려면 다른 사람에게 공감하는 법을 배워야 해." 멀린은 이렇게 가르쳤다. "훌륭한 지도자는 온갖 계층과 분야의 사람들을 전부 다 존중해야 해. 그렇지 않으면 그 지도자는 점점 더 힘들어질 거야."

"정말이야." 마더구스가 동의했다. "내가 보스턴 차 사건을 겪으면서 친구들에게 말했던 게 바로 그거야. 독재를 하는 건 사람들이 혁명을 일으키도록 판을 깔아 주는 거나 다름없어."

아서는 언젠가 자기가 다스릴 거라 가르침을 받은 땅 위를 날아다니면서 스승들의 현명한 조언을 머릿속에 되새겼다. 한참 날다 보니 목이 말라서 아서는 한 작은 호수를 향해 점점 내려갔다. 땅에 닿자마자 새의 발톱은 말발굽으로 바뀌었고, 아서는 말이 되어 호수까지 내달렸다.

호수에 도착했을 때 아서는 한 젊은 여성이 호숫가에 서 있는 모습을 발견했다. 여성은 하얀 드레스 차림에 딸기색이 도는 긴 금발을 하고 있었으며, 아서에게 등을 보인 채 서 있었다. 아서는 젊은 여성에게 말을 걸기 위해 사람 모습으로 돌아갔다. 아서는 처음에 그 여성이 멀린이 항상 조심하라고 경고했던 '아발론의 안개'가 아닐지 걱정했다. 하지만 무척 친숙한 기운이 느껴졌다. 마침내 젊은 여성은 아서가 자기에게 다가오는 소리를 듣고는 뒤돌아보았다.

"알렉스!" 아서가 함박웃음을 지었다. "다시 만나게 되어 정말 기뻐요."

"아서?" 알렉스가 말했다. "당신인가요?"

알렉스는 이 급작스러운 만남에 대해 아서보다 더 놀란 듯했다. 사실 아서는 조금도 놀라지 않았다. 꿈을 꿀 때마다 줄곧 알렉스가 꿈속에 등장했기 때문이다.

"물론 나죠." 아서가 말했다. "그럼 누구겠어요."

알렉스는 길을 잃은 듯 혼란스러운 표정으로 호수 근처를 두리번거렸다. 주변 풍경에 겁을 먹은 듯 보였다.

"여기가 어디예요?"

"내 꿈속이에요." 아서가 대답했다. "내가 꿈이라는 걸 아는 이유는, 내가 당신을 만날 수 있는 유일한 장소가 꿈속이기 때문이죠. 그리고 꿈인 만큼 아마 곧 깰 거예요."

아서는 자기가 꿈을 꾸고 있다는 사실을 깨닫자마자 거의 즉시 잠에서 깨곤 했다. 얼마 되지 않아 늘 현실 세계로 되돌아왔던 것이다. 하지만 이상하게도 이번에는 잠에서 깨지 않았다.

"오늘은 생각보다 많이 피곤했나 봐요." 아서가 말했다. "그래도 당신과 시간을 보내는 1분 1초가 소중하게 느껴져요. 아무리 당신이 진짜가 아니라 해도 말이에요."

그때 아서는 처음으로 알렉스의 모습이 그동안 꿈에서 보았던 외모와는 아주 다르다는 사실을 깨달았다. 얼굴은 훨씬 창백했고, 울고 난 것처럼 눈이 빨갰으며, 뭔가 고민이 있는 듯 눈을 미친 듯이 깜박였다.

"정말 이상하네요." 알렉스가 말했다. "나는 이게 내 꿈속이라고 생각했거든요. 그런데 어쩌면 내가 당신 꿈속에 우연히 들어오게 된 건지도 모르죠."

"그럼 내 꿈을 꾸는 당신에 대해서 내가 꿈을 꾸는 건가요?" 아서가 물었다. "이게 어떤 현상인지 멀린 선생님의 꿈 사전에서 찾아봐야겠네요."

"내 말은 우리 둘 다 꿈을 꾸고 있다는 거예요." 알렉스가 말했다. "조금 전만 해도 나는 우리 고향 집에 대한 꿈을 꾸고 있었어요. 그러다가 갑자기 어느 순간 이 호수로 온 거예요. 내 생각엔 우리가 서로의 꿈속에서 대화를 나누고 있는 것 같아요."

"그럼 눈앞에 있는 사람이 진짜 당신인 거예요?" 아서가 부드러운 목소리로 물었다.

"맞아요." 알렉스가 대답했다. "진짜 나예요."

아서는 무엇이 더 믿을 수 없는 일인지 가늠할 수 없었다. 자기와 알렉스가 꿈속에서 서로 연결되었다는 사실이 더 놀라운지, 상상력이 꾸며낸 결과물이 아닌 진짜 알렉스가 눈앞에 있다는 점이 더 놀라운지 말이다.

"하지만 이런 일이 어떻게 가능하죠?"

"모르겠어요." 알렉스가 이렇게 대답하고는 답을 내놓기 위해 머리를 쥐어짰다. "코너와 나는 어렸을 때부터 각자의 꿈속에서 만나곤 했어요. 다음 날 아침에 일어나 우리가 꿈속에서 같이했던 행동이나 함께했던 이야기를 되짚어보곤 했죠. 하지만 아무도 우리의 말을 믿어 주지 않아서 그만 얘기하기로 했어요. 쌍둥이 사이에서나 가능한 일이어서 다른 사람들은 이해하지 못하는지도 모르죠. 나는 지금도 그런 일이 다시 일어나 코너랑 연락이 닿기를 바라고 있었어요. 하지만 이번에는 내 꿈이 나를 당신 꿈속으로 이끈 것 같네요."

두 사람은 희미하지만 깊은 미소를 지었다.

"만약 당신이 진짜라면, 이런 일이 벌어진 것도 전혀 이상하지 않아요." 아서가 말했다. "우리가 그동안 서로를 그리워하면서 오랜 시간을 보냈기 때문에, 우리의 무의식이 서로에게 뭔가를 말해 주려 한 것 같네요."

"아서, 부탁이지만 그 얘기는 하지 마세요. 처음 그 얘기를 들었을 때 난 아주 힘들었다고요." 알렉스가 말했다. "우리는 떨어져서 사는 게 책임 있는 행동이라고 서로 동의했잖아요. 당신은 이뤄야 할 운명의 과제가 있어요. 숲속에서 만난 젊은 여자와 도망가 버리는 바람에 그 운명을 위태롭게 해서는 안 돼요."

"난 아무것도 위태롭게 하지 않아요." 아서가 장난스럽게 씨익 웃으며 말했다. "나는 이뤄야 할 운명의 과제를 전부 해낼 계획이에요. 돌에 박힌 칼을 뽑고, 캐멀롯 왕국을 세우고, 원탁의 기사들을 모으고, 성배도 찾아낼 거예요. 이 과제들을 전부 끝내면 당신에게 갈 예정이었어요. 그러면 당신이 더는 우리 둘이 떨어져 지내야 한다고 하지 못하겠죠."

"아서, 당신이 그 일을 다 해낼 때쯤이면 나는 여기 없을 거예요." 알렉스가 조용히 말했다.

"당신은 내 곁에 있을 거예요." 아서가 웃음을 터뜨리며 말했다. "그동안 멀린과 마더구스에게서 두 배로 힘든 훈련을 받았어요. 그래서 이제 전설 속에 예견된 과제를 훨씬 더 빨리 해낼 수 있어요. 다른 아서 왕이라면 과제를 끝내는 데 수십 년이 걸릴지 모르지만, 나는 몇 년이면 마칠 수 있어요. 나에게 좋은 영향력을 주는 당신이 있으니까요."

아서의 헌신적인 마음을 느낀 알렉스는 눈물이 맺혔다. 하지만 그것은 알렉스가 바라는 방식이 아니었다.

"그게 아니에요." 알렉스가 고개를 흔들며 말했다. "아무리 당신이 예상보다 과제를 일찍 끝낸다 해도 당신은 캐멀롯 왕국에 머물러 있어야 해요. 나를 위해서 그 일들을 했다가는 당신의 인생을 내버리는 결과가 되고 말 거예요."

"이미 과제를 다 끝냈다면 인생을 내버리지 않아도 되죠!"

"내 말을 귀담아듣지 않는군요! 그러면 일을 제대로 하지 못할 거란 거예요! 해야 할 과제를 서둘러 하다가는 다칠 수도 있어요!"

"반대로 목표 지점에 있는 당신을 생각하면서 좀 더 조심할 수도 있죠."

"아서, 내 말은 내가 그렇게 오래 살지 못할 거라는 거예요!"

입 밖으로 꺼내기 힘들었던 말을 내뱉자 알렉스는 얼굴을 감싸고 흐느끼기 시작했다. 그 말을 들은 아서는 선 채로 딱딱하게 굳었다. 아서는 알렉스가 빈정대거나 과잉 행동을 한 것이기를 바랐다. 하지만 알렉스가 눈물을 펑펑 쏟는 것을 보니 그 말은 사실인 듯했다.

"알렉스, 제발 농담이라고 말해 줘요." 아서가 말했다.

"나도 그랬으면 좋겠어요!" 알렉스가 울면서 말했다. "당신과 영원히 행복하게 살고 싶어요, 아서. 하지만 그럴 수가 없어요."

"하지만 왜죠? 어디 아픈가요?"

"마녀의 아주 강력한 저주에 걸렸어요. 그 마녀는 내가 깨어 있는 모든 순간 자기 마음대로 통제할 수 있는 마법을 걸었죠. 그리고 마녀는 이 마법을 통해 내 손으로 죄 없는 사람들에게 지독한 짓을 하게 했어요. 어떤 꿍꿍이인지 알 수 없지만, 다음번에는 뭔가 더 끔찍한 짓을 하게 될 거라는 걸 난 알아요. 수많은 사람들이 다치게 될 거예요! 마녀는 나를 이용하지 않는 동안에는 잠을 재우죠. 내가 꿈을 통해서 코너와 연락하려는 것도 그런 이유 때문이에요. 코너가 어떻게든 나를 멈춰 줘야만 해요. 어떤 대가가 따른다 하더라도 말이죠. 나를 죽여야 한다면 그렇게 해야 해요!"

"알렉스, 그건 어리석은 생각이에요." 아서가 말했다. "당신이 꼭 목숨을 버리지 않더라도 마녀의 저주에서 풀려날 다른 방법이 있을 거예요."

"안됐지만 그런 방법은 없어요." 알렉스가 말했다. "이 저주는 내가 지금껏 경험했거나 들었던 어떤 흑마법과도 달라요. 나를 엄청난 분노로 가득 채워서 눈앞에 아무것도 보이지 않게 하죠. 내가 사람들에게 어떤 피해를 주는지 알아차리지도 못할 정도로요! 내 머릿속에는 나 자신을 향한 의심과 혐오, 후회만이 가득해서 도저히 이 저주에서 벗어날 수가 없어요. 나는 자신이 한 실수와 잘못, 그리고 사랑과 행복을 얻을 자격이 없다는 생각으로 가득 차 있어요! 그리고 내가 불행해질수록 나의 힘은 점점 세지죠. 그리고 내가 힘이 세질수록 마녀의 저주 역시 강해지고요. 내 머릿속의 목소리를 멈추게 하고, 나를 고통에서 벗어나게 할 방법은 오직 하나뿐이에요!"

아서는 지금 자신의 귀에 들리는 이 이야기를 도저히 믿을 수가 없었다. 두 사람이 똑같이 꾸던 꿈은 어느 순간부터 빠르게 악몽으로 탈바꿈했다.

"나는 그 말을 믿을 수가 없어요." 아서가 말했다. "멀린과 마더구스가 어떻게든 당신을 도와줄 거예요. 당신을 그 저주로부터 구하기 위해 내가 할 수 있는 뭔가가 있을 거예요!"

갑자기 짙은 안개가 호수에서 피어오르더니 두 사람을 향해 다가왔다. 안개는 커다란 손 모양으로 바뀌더니 손가락으로 알렉스의 몸을 휘감았다. 그러고는 알렉스를 호수로 끌어당겼다.

"무슨 일이에요!" 아서가 외쳤다.

"마녀가 나를 잠에서 깨우려는 게 분명해요!" 알렉스가 대답했다.

아서는 알렉스의 팔을 붙잡았지만 안개로 이루어진 커다란 손의 힘이 아서보다 훨씬 셌다.

"알렉스, 내 말 똑바로 들어요!" 아서가 말했다. "우리는 당신을 구하러 갈 거예요! 당신을 그 저주에서 벗어나게 할 방법을 꼭 찾아내고 말겠어요. 약속해요! 당신은 그저 마음을 굳게 먹고 힘을 내요. 포기하지 말고요!"

알렉스는 눈물이 그렁그렁한 눈으로 아서를 바라보았다. 겁에 질린 눈빛이었고 희망이라고는 전혀 없는 눈빛이었다.

"잘 있어요, 아서."

알렉스는 아서의 시야에서 벗어나 물속으로 끌려 들어가더니 완전히 자취를 감추었다.

"알렉스!"

아서는 빠르게 악몽에서 깨어났다. 온몸이 식은땀으로 흠뻑 젖은 아서는 지금 자기가 있는 장소가 어디인지 몰라 주변을 이리저리 둘러보았다. 심장이 너무 세게 뛰어서 옆방에서 멀린과 마더구스가 시끄럽게 코 고는 소리보다 자기의 심장 박동 소리가 더 크게 들릴 정도였다. 아서는 그동안 이렇게 기억에 선명하게 남고 인상적인 꿈을 꾼 적이 한 번도 없었기 때문에 이건 결코 평범한 꿈이 아니라는 사실을 알았다. 알렉스는 정말로 위험에 빠졌고 도움이 필요한 게 틀림없었다.

아서는 침대에서 벌떡 일어나 멀린과 마더구스의 침실로 달려갔다. 두 스승은 화들짝 놀라 잠에서 깼고, 마치 전기에 감전이라도 된 것처럼 똑바로 일어나 앉았다.

"아서, 대체 무슨 일이니, 애야?" 멀린은 손을 뻗어 더듬거리며 안경을 찾았다.

"어디 불났어?" 마더구스가 이렇게 외치고는 보온병으로 손을 뻗었다.

"갑자기 쳐들어와서 죄송해요. 정말 큰일 났어요!" 아서가 말했다.

"색슨족이 쳐들어왔니?" 멀린이 물었다.

"낙하산 타는 군인들이 입는 바지가 다시 유행하니?" 마더구스가 물었다.

"아니에요, 알렉스 때문이에요." 아서가 말했다. "알렉스가 지독하게 못된 마녀의 저주에 걸렸어요! 당장 또 다른 세상에 가서 알렉스를 구해야 해요!"

"그걸 어떻게 알았니?" 마법사 멀린이 물었다.

"잠을 자다가 서로의 꿈속에서 알렉스와 만나 대화를 나눴어요! 알렉스가 꿈속에서 코너와 연락하려고 하다가 대신 저와 만나게 된 거예요. 알렉스는 자기가 저주에 걸렸고 어쩔 수 없이 끔찍한 짓을 하게 되었다고 했어요! 그러다가 호수에서 안개로 만들어진 손이 나타나 알렉스를 호수 아래로 끌고 갔어요!"

아서는 너무 빠르게 설명한 나머지 숨이 차올라 헐떡거렸다. 멀린과 마더구스는 아직 잠이 덜 깬 어수선한 눈빛으로 서로를 바라보았다. 하지만 두 사람은 알렉스를 걱정하진 않았다.

"아서, 여기 있는 내 술이라도 한잔 마신 거니?" 마더구스가 물었다.

"제 말에 귀를 기울여 좀 들어주세요!" 아서가 간절하게 말했다. "알렉스는 지금 큰 어려움에 봉착해 있고, 그 저주를 풀 유일한 방법은 누군가가 자기를 죽이는 거라고 생각한단 말이에요! 알렉스가 다치기 전에 뭔가 조치를 취해야만 해요!"

"네가 그저 지독한 악몽을 꾼 것처럼 보이는구나." 멀린이 말했다.

"그냥 악몽이 아니었어요. 진짜 알렉스를 만났다고요!" 아서가 외쳤다. "제가 과민반응을 보이는 게 아니란 말이에요!"

하지만 두 스승은 여전히 아서의 말을 믿지 않았다.

"꿈이 실제처럼 느껴질 때가 가끔 있지. 자기가 애정을 품은 사람에 대한 꿈이라면 특히 더 그렇단다." 멀린이 말했다. "내 꿈 사전을 가져오렴. 네 꿈에서 알렉스가 실제로 무엇을 뜻하는지 알아낼 수 있을 거야."

아서는 큰 소리로 끙끙거리며 방 안을 빙빙 돌며 서성거렸다. 하지만 아서가 뭐라고 말하든 멀린과 마더구스는 단지 사랑에 눈이 먼 십대의 헛소리로만 생각할 뿐이었다. 아서는 두 사람이 자기 말을 믿어 주기를 간절하게 바랐지만, 멀린과 마더구스는 아서가 믿을 만한 증거를 가져오기 전까지는 진지하게 얘기를 들어주지 않을 것 같았다. 두 사람의 신뢰를 얻으려면 다른 무언가가 필요했고 다행히도 아서는 그 방법이 무엇인지 알고 있었다.

아서는 멀린의 오두막을 뛰쳐나가 숲속으로 달려갔다. 밖에는 비가 왔고 아직 어둑어둑했지만 아서는 계속해서 달렸다. 아서는 신발도 신지 않았고 옷도 제대로 입지 않았지만, 불타는 절실함 덕분에 아무것도 느껴지지 않았다. 마침내 아서는 목적지에 도착한 듯 공터로 들어섰다. 거기에는 커다란 칼이 바위에 꽂혀 있었다.

아서는 훈련이 다 끝나고 영국의 왕이 될 준비를 마치면 이 칼을 뽑을 예정이었다. 하지만 지금 당장 알렉스를 구해야만 했고, 어떻게든 자기의 운명을 앞당겨야 했다. 아서 자신은 위험에 빠지지 않았지만 알렉스는 무척 곤란한 상황이었고, 그러면 아서의 세계도 위험에 빠질 게 분명했다.

아서는 칼의 손잡이를 두 손으로 꽉 잡고 칼을 뽑으려 온 힘을 다해 당겼다. 손톱에서 피가 나고 손바닥에 물집이 생겼다. 하지만 아서는 자신의 목숨이 여기에 달려 있기라도 한 듯 계속해서 칼을 잡아당겼다.

5장

눈앞의 난기류

코너는 알렉스가 어디 있는지 단서를 찾자마자 가장 가까운 곳 컴퓨터로 달려가 뉴욕으로 가는 비행기 표 다섯 장을 샀다. 코너가 밥의 신용카드를 묻지도 않고 썼지만 밥은 뭐라 하지 않았다. 모두에게 가장 중요한 일은 알렉스를 찾아서 집에 무사히 데려오는 것이었기 때문이다. 맨해튼에서 무슨 일이 벌어지고 있는지 알아내기 전까지는 동화 속 세상을 자유롭게 해방시켜야 한다는 과제는 잠시 잊어야 했다.

다음 날 새벽 다섯 시가 되자 뜬눈으로 밤을 새운 코너와 브리, 잭, 골디락스, 빨간 망토, 샬럿은 샬럿의 SUV 차량에 끼어 탄 다음 윌로 크레스트 국제공항으로 향했다. 코너는 뉴욕에 도착해서 무슨 일이 벌어질지 알 수 없었지만 그래도 옆에 있는 동료들과 함께하면 일이 좀 더 쉬워질 거라는 사실은 알고 있었다. 이들은 짐을 꾸릴 시간도 없이 급히 병원을 나왔지만 코너는 동료들이 무엇을 챙겨가야 하는지 이미 알고 있었기 때문에 병원을 나서기 전에 더플백 하나를 챙겼다. 정체가 미심쩍은 잭과 골디락스의 소지품을 넣기 위해서였다.

공항에 도착하자마자 코너는 재빨리 가방부터 부쳤고 동료들은 바깥에서 기다렸다. 다른 사람들은 샬럿의 자동차 옆 도로변에 서서 성 앤드루스 아동 병원 복도가 아닌 또 다른 세상의 풍경을 처음으로 바라보았다.

"이곳이 '공항'이라는 곳이군요." 잭이 아기 히어로를 안은 채 말했다. "이곳은 정확히 무엇을 하는 장소죠?"

"사람들은 여기서 비행기를 타고 다른 곳까지 날아가요." 브리가 설명했다.

"마구간 같은 곳이니?" 골디락스가 물었다.

"맞아요. 하지만 말보다 훨씬 큰 비행기라는 게 있죠."

잭과 골디락스는 고개를 끄덕이고는 놀라움이 가득한 눈으로 주변을 바라보았다. 하지만 빨간 망토는 그렇게 깊은 인상을 받지는 못한 듯했다.

"또 다른 세상은 색깔이 화려하지 않은 편이네요." 빨간 망토가 말했다. "내 느낌을 묻는다면, 회색 벽과 유리가 지나치게 많다고 말하고 싶네요."

일단 수속이 끝나자 코너는 공항의 자동문 앞에 모습을 드러냈고 도로변에서 기다리고 있던 동료들과 합류했다.

"짐은 내 이름으로 부쳤어요." 코너가 말했다. "짐을 제대로 부치기만 하면 칼과 도끼를 갖고 비행기에 타도 완전히 합법적인 듯해요."

미국은 좋은 나라죠."

"짐을 부치는 게 뭐야?" 잭이 물었다.

"공항 직원들이 비행기가 떠나기 전에 우리가 탄 비행기 아래에 우리 짐을 넣어 주는 거예요. 그리고 우리가 목적지에 도착했을 때 수하물 찾는 곳에서 컨베이어벨트 위로 짐이 나오죠."

동화 속 세상에서 온 코너의 친구들은 마치 전혀 모르는 외국어를 들은 양 코너를 바라보았다.

"그게 무슨 뜻인지는 하나도 모르겠지만, 어쨌든 네 말이 사실이겠지." 골디락스가 말했다.

"다들 비행기 표와 신분증 가져왔죠?" 코너가 일행에게 물었다.

브리와 잭, 골디락스, 빨간 망토는 병원에서 인쇄한 비행기 표와 전에 받은 신분증을 들고 있었다. 하지만 다른 차원에서 온 친구들과 비행기를 타려 하니 공항 보안검색대를 통과하는 것조차 매우 힘들었다. 만약 시간이 조금만 더 여유가 있었더라면 코너가 동료들과 더 닮은 신분증 사진을 구할 수 있었을 것이다. 하지만 시간이 촉박했기 때문에 지금 가진 신분증 사진으로 어떻게든 보안검색대를 통과해야 했다.

"이게 진짜 신분증이 아니라는 걸 들키면 어떻게 하지?" 잭이 물었다.

"출입국 직원들이 알아차리지 않기만을 바랄 뿐이죠." 코너가 말했다. "만약 직원들에게 들키면 상당한 골칫거리가 될 거예요. 그러니 누가 이름을 물어본다면 잭은 로버트 고든 박사, 골디락스는 샬럿 고든, 빨간 망토는 브리의 사촌인 어맨다 캠벨이라고 대답하세요."

"브리, 내가 신분증을 대신 쓸 수 있는 더 매력적인 친척은 없니?" 빨간 망토가 물었다.

"미안하지만 어맨다뿐이에요." 브리가 대답했다. "제가 어렸을 때도 어맨다 신분증을 가지고 수많은 콘서트를 다녔죠. 이번에도 운이 좋다면 통과할 수 있을 거예요."

코너가 긴장한 눈으로 공항 쪽을 바라보았다. "전부 다 문제없이 통과하려면 엄청 운이 좋아야 할 거예요."

"코너, 이건 너무 위험해." 엄마 샬럿이 자동차 안에서 말했다. "밥과 내가 너와 같이 가는 게 더 낫지 않을까?"

"엄마와 밥 박사님은 제 단편소설 속 등장인물들을 돌봐줘야 해요." 코너가 말했다. "게다가 우리 다섯 명은 예전부터 오랫동안 마법 세계에서 일어난 문제들을 해결해 왔죠. 그래서 우리는 일이 감당할 수 없을 정도가 되면 어떻게 해야 하는지 잘 알아요. 두 분의 도움이 필요하면 연락할게요."

엄마 샬럿은 눈을 감고 길게 한숨을 내쉬었다. 물론 샬럿은 코너와 친구들이 충분히 문제를 해결할 수 있을 거라는 걸 알고 있었다. 하지만 그렇다고 해서 코너가 스스로 위험한 곳으로 걸어 들어가고 있다는 사실을 쉽게 받아들일 순 없었다.

"반드시 조심하렴. 안전이 최고란다." 샬럿이 말했다. "알렉스를 발견하면 가능한 한 빨리 우리에게 알리고."

"그렇게 할게요." 코너가 말했다. "약속해요."

코너는 자동차 창문이 열린 사이로 엄마 샬럿을 껴안으며 작별 인사를 하고는 동료들을 데리고 공항으로 들어갔다. 잭과 골디락스, 빨간 망토는 난생처음 보는 풍경에 정신이 멍해졌다. 여행자들이 온갖 방향에서 스치고 지나가면서 몸을 부딪쳤다. 눈길을 주는 곳마다 비행기의 출발 시간과 연착을 알리는 화면들이 번쩍였다. 이 공간은 아기인 히어로가 감당하기엔 지나치게 정신이 없었고 결국 히어로는 울음을 터뜨리고 말았다.

"자, 아이를 저한테 줘요." 골디락스가 이렇게 말하고는 잭에게서 갓난아이를 넘겨받았다. "옳지, 옳지. 울지 말렴. 우리 아기 착하지? 착하지?"

골디락스가 아들을 달래는 모습은 다른 사람들의 흥미를 돋웠다. 히어로가 태어난 뒤로 골디락스는 아예 다른 사람이 되었다. 악명 높은 도망자이자 영화에서나 볼 법한 모습으로 칼을 휘두르던 사람이 이제 말 못 하는 아기가 뭘 원하는지 능숙하게 알아채고 누구보다도 빨리 기저귀를 가는 사람이 되었다. 하지만 엄마가 되었다는 사실이 골디락스의 성격을 부드럽게 바꾼 것은 아니었다. 오히려 엄마가 되면서 골디락스는 어느 때보다도 더 강해졌다. 낯선 누군가가 자기와 아이에게 다가오면 특히 더 그랬다.

"골디락스, 히어로를 뉴욕에 데려가도 정말 괜찮겠어?" 빨간 망토가 물었다. "너도 알겠지만 아기들은 계속 보살핌을 받아야 하잖아."

"우리는 손이 많이 가는 너도 계속 데리고 다니잖아. 그렇지 않아?" 골디락스가 딱 잘라 말했다.

빨간 망토는 자기를 방어하듯 손을 올렸다. "내가 말하고자 하는 건 우리가 뉴욕에 가 있는 동안 히어로를 샬럿에게 맡기는 게 어떻겠냐는 거야. 갓난아기를 보살피면서 잃어버린 친구를 찾는 건 꽤나 힘든 일일 테니까 말이지."

"전혀 그렇지 않아." 골디락스가 말했다. "나는 엄마가 되었다고 해서 자기 인생 전체를 멈추는 그런 여성이 되고 싶지 않아. 나는 아이에 대한 책임을 다하면서도 친구를 구할 수 있는 능력이 돼."

"그렇다면 미안해." 빨간 망토가 말했다. "내가 만약 너라면 아기 침대를 사고 유모를 고용했을 거야."

코너는 사람들로 붐비는 공항 라운지를 뚫고 줄을 길게 서 있는 보안검색대로 동료들을 안내했다. 코너는 사람들 머리 위로 그 너머를 보기 위해 까치발로 섰고, 그러자 앞쪽에서 출입국 직원이 일하는 모습이 보였다. 출입국 직원은 나이가 많은 남자로 마치 시큼한 사탕을 입에 물고 있기라도 한 듯 여행객들 전부를 노려보고 있었다. 그 직원은 신분증을 꼼꼼히 살핀 다음에야 보안검색대를 지나가는 걸 허락했다.

"이런 젠장. 일을 엄격하게 하는 사람이잖아!" 코너가 한탄했다. "브리와 나는 학생증만으로도 통과할 수 있지만 여러분들이 저 직원들을 속이고 무사히 지나갈 수 있을지 모르겠네요. 알렉스가 여기 있다면 일이 훨씬 쉬웠을 텐데. 직원에게 마법 주문을 걸어 우리를 그냥 통과시키면 되니까요."

"대신 네가 가진 마법으로 직원들을 해치워야 할 것 같구나." 잭이 말했다.

코너는 한숨을 쉬었다. "잭, 말은 고맙지만 저를 격려하는 것만으로 해결될 문제가 아니에요."

"진심으로 하는 말이야! 알렉스의 마법은 없지만 대신 네 마법을 쓰면 되잖니. 네 소설 속에서 이런 상황이 벌어졌다고 상상해 봐. 네 이야기 속 등장인물들이 똑같은 위기에 빠진 거야. 그럼 등장인물들에게 어떤 행동이나 말을 시켜서 출입국 직원 앞을 무사히 지나갈 수 있게 할까?"

코너는 턱을 긁적이고 주변을 빙글빙글 돌면서 곰곰이 생각해 보았다. 잭이 격려해 준 것은 고마웠지만, 그러다가 실패하면 동료들이 생각하는 것보다 훨씬 험한 꼴을 당할지도 모르기 때문이었다. 또 다른 세상에서 살아남으려면 창의력이 필요했다. 천재적인 솜씨가 있어야만 이 상황을 잘 처리할 수 있을 것이다.

"나에게 좋은 수가 하나 있어요." 코너가 말했다. "만약 저 직원이 여러분의 신분증이 가짜라는 걸 알아차리지 못하게 하려면 주의를 분산시켜야겠죠. 그러니 완전히 예상하지 못한 말을 해서 자기가 뭘 해야 하는지 모르게 만들어 버리는 거예요."

"아, 어떻게 해야 될지 알겠어!" 빨간 망토가 말했다. "내가 또 다른 차원에서 온 여왕이라고 말하면 되겠네!"

"그러면 상황이 더 악화되기만 할 거예요." 코너가 말했다. "여러분 각자 뭐라고 말하면 좋을지 생각해 뒀어요. 내가 알려 준 대로만 하면 돼요."

코너는 동료들의 귀에 대고 각기 다른 내용을 속삭였다. 저 출입국 직원에게 잘 먹히기만을 바랄 뿐이었다.

"우리가 한 줄로 나란히 서 있으면 안 될 것 같아." 브리가 말했다. "신분증이 가짜라는 걸 알아차린다 해도 우리가 듬성듬성 서 있으면 그래도 덜 의심쩍을 테니까."

"좋은 생각이야." 코너가 말했다. "좋아, 할 수 있는 데까지 최선을 다해 보자!"

코너와 브리가 제일 앞서 들어갔다. 두 사람 뒤로 다섯 명의 승객이 더 들어가자 그 뒤를 잭이 따랐다. 그리고 잭이 들어간 다음 여섯 명의 승객이 더 들어가자 골디락스가 기다리다가 히어로를 안고 들어갔다. 빨간 망토는 줄을 어떻게 서야 하는 건지 잘 몰라 혼란스러웠다. 다른 승객들이 열 명 넘게 들어간 다음에야 자기가 사람들 뒤에 서서 기다려야 한다는 사실을 알아챈 빨간 망토는 사람들을 따라 출입국 직원 앞으로 갔다.

무척 긴장하며 40분 정도를 기다린 끝에 코너와 브리는 줄 맨 앞에 도달해 출입국 직원에게 비행기표와 신분증을 보여 주었다. 직원은 비행기표를 받아 든 다음 오전 내내 지었던 표정으로 두 사람을 위아래로 훑어보았다.

"당신 둘은 함께하는 사이인가요?" 직원이 물었다.

"뭐라고요!" 코너가 깜짝 놀라 외쳤다. "아뇨, 우리는 그냥 친구예요. 음, 적어도 제 생각에는 그래요. 우리는 아직 우리 관계에 대해 생각해 볼 시간이 없었거든요."

"당신 둘이 함께 여행하는 사이인지 물어본 거예요." 직원이 아까보다 훨씬 무서운 표정으로 노려보았다. "항공사는 당신 둘 사이가 어떤지에 대해서는 전혀 관심이 없어요."

코너는 뺨이 새빨갛게 달아오른 나머지 얼굴이 녹아버리는 건 아닌지 걱정될 정도였다. 너무 당황한 나머지 제 실력이 나오지 않을 것 같았다. 만약 브리 역시 똑같이 당황하지 않았더라면 크게 웃음을 터뜨렸을 것이다.

"맞아요, 우리는 함께 여행하는 중이에요." 브리가 대답했다.

출입국 직원은 두 사람을 한 번 더 위아래로 훑어보고는 비행기표를 돌려주었다.

"가도 좋아요." 직원이 말했다. "다음 분!"

코너와 브리는 직원을 지나쳐 금속 탐지기 앞의 보다 짧은 줄에 가서 섰다. 그리고 느릿느릿 신발을 벗고 벨트를 풀어 통에 넣었다. 뒤에 오는 동료들이 어떻게 하나 지켜보기 위해서였다. 몇 분이 지나 잭 차례가 되자 비행기표와 신분증을 출입국 직원에게 건넸다.

"좋은 아침입니다." 잭이 유쾌하게 말했다. "저는 뉴욕에 가는 길이에요."

출입국 직원은 잭의 비행기표와 신분증을 살피고는 잭을 쳐다보았다. 직원의 시선이 위쪽으로 옮겨지자 잭은 신분증이 진짜가 아니라는 사실을 들키기 전에 코너가 알려 준 말을 읊기 시작했다.

"모발 이식이에요." 잭이 털어놓았다.

"뭐라고요?" 직원이 되물었다.

"모발을 이식한 거예요." 잭이 다시 말했다. "신분증 사진과는 달리 어떻게 해서 머리카락이 이렇게 풍성해졌는지 궁금하실 거예요. 선생님도 머리가 벗겨지는 중인 듯하니 제 담당 의사 선생님이 알려 준 정보를 기꺼이 알려 드리죠. 모발 이식에 관심이 있으시다면 말이에요. 정확하게 말해 진짜 의사 선생님은 아니지만요. 사실은 차이나타운의 한 식당 주방에서 일하는 사람이에요. 하지만 보다시피 실력만큼은 끝내준답니다!"

출입국 직원은 무척 기분이 상했는지 입을 떡 벌렸다. 그러고는 고개를 절레절레 저으며 잭의 비행기표를 처리하고는 다시 유심히 살피지도 않고 신분증을 돌려주었다.

"나는 모발 이식에는 관심 없어요." 직원이 으르렁거리듯 말했다. "어서 가요."

"그러시다면 어쩔 수 없죠." 잭이 대꾸했다.

잭이 무사히 금속 탐지기 줄에 합류하자 코너와 브리는 안도했다. 하지만 아직 출국 심사를 무사히 끝내려면 멀었다. 두 사람이 알아차리기도 전에 골디락스와 히어로가 출입국 직원 앞에 섰다. 직원은 골디락스의 얼굴과 신분증 속 샬럿의 사진을 번갈아 보며 꼼꼼히 살폈다.

"혹시 최근에 살이 빠지셨나요?" 직원이 물었다.

"확실히 그랬죠." 골디락스가 아기 히어로를 가리키듯 턱짓을 하며 대답했다.

하지만 직원은 아직 골디락스에게 설득되지 않은 듯했다. 하지만 사진과 실물이 달라 보여도 어디가 다른지 쉽게 집어낼 수 없었다.

"혹시 얼굴을 고치셨나요?" 직원이 조금 더 캐물었다.

그러자 골디락스는 출입국 직원과 맞먹을 만큼 무섭게 노려보았다.

"아이를 낳고 나면 엄마 몸이 얼마나 변하는지 모르시는군요. 제가 하나하나 자세히 알려드릴까요?"

직원은 토할 것 같은 표정을 짓고는 골디락스가 더 자세히 말하기 전에 얼른 비행기표와 신분증을 돌려주었다.

"좋은 여행 되세요." 직원은 골디락스와 눈도 마주치지 않은 채 말했다.

코너와 브리, 잭, 골디락스가 무사히 출입국 직원을 통과했고, 이제 남은 사람은 빨간 망토뿐이었다. 네 사람은 혹시 상황이 급박해지면 끼어들기 위해 빨간 망토 가까이에 머물러 있으려 했지만 다른 사람들에게 떠밀려 금속 탐지기 쪽으로 가야만 했다. 그래서 얼마 지나지 않아 목소리가 들리지 않을 만큼 멀리 밀려난 네 사람은 빨간 망토가 잘 해내기를 응원할 뿐이었다.

빨간 망토는 느긋하게 출입국 직원 앞으로 가서 활짝 미소 지으며 비행기표와 어맨다 캠벨의 신분증을 건넸다. 직원은 서류를 훑어본 다음 비행기표를 처리하고 아무것도 묻지 않은 채 돌려주었다. 코너는 이렇게 매끄럽게 처리된 점이 놀라웠다. 그런데 그때 직원이 뭐라고 말하자 빨간 망토는 머리끝까지 화가 나 발을 동동 구르면서 과장된 몸짓으로 직원에게 삿대질을 했다.

"어떻게 그럴 수 있나요!" 빨간 망토가 공항 전체가 떠나갈 듯 크게 소리 질렀다. "내가 지금껏 들었던 말 가운데 가장 모욕적이군요!"

이제껏 사람들을 노려보기만 하던 출입국 직원 얼굴에 두려운 표정이 드리워졌다. 빨간 망토는 재빨리 직원을 지나쳐 금속 탐지기 앞의 친구들과 합류했다.

"대체 무슨 일이에요?" 코너가 물었다. "그 사람이 뭐라고 했어요?"

빨간 망토가 어맨다 캠벨의 신분증을 들어 올리며 말했다. "저 사람이 이 사진을 보면서 잘 나왔다고 하잖아!" 빨간 망토가 투덜거렸다.

금속 탐지기는 코너의 친구들에겐 꽤 낯선 물건이었기 때문에 코너는 일행을 주의 깊게 살피면서 괜찮다고 안심시켜야 했다. 코너는 잭에게 탐지기를 통과하고 나면 부츠를 돌려받을 수 있다고 약속해야 했고, 브리는 골디락스가 히어로를 탐지기를 통과하는 통 속에 넣지 못하게 말려야 했다. 그리고 빨간 망토는 몸에 지닌 보석을 풀지 않겠다고 거부하는 바람에 직원이 일일이 검사해야 했다. 어쨌든 일단 탐지기를 거쳐 소지품을 돌려받고 나니 이제 공식적으로 공항 보안검색대를 통과한 셈이 되었다.

"우리 모두가 보안검색대를 무사히 통과했다니 믿기지가 않아요." 코너가 말했다. "우리 일행이 검색대 줄에 들어선 이후 저는 숨 한번 제대로 쉴 수가 없었거든요."

"나는 조금도 걱정하지 않았어." 잭이 말했다. "그리고 이렇게 모두 통과하고 나니 너에 대한 믿음이 한층 더 생겼는걸."

하지만 모퉁이를 돌아선 잭과 골디락스, 빨간 망토는 깜짝 놀라 몸이 딱딱하게 굳어 버렸다. 공항 터미널에 늘어선 다양한 상점과 커피 전문점, 바, 식당들을 보고는 도저히 믿을 수 없다는 듯 눈이 휘둥그레졌던 것이다.

"세상에, 마치 작은 왕국 같아!" 빨간 망토가 말했다.

"이런 천국 같은 향은 어디서 나는 거지?" 골디락스가 물었다.

"커피 향이에요." 브리가 대답했다. "이곳 또 다른 세상에서 정말 많이 마시는 음료죠."

"풀밭에서 사람들이 뛰어다니는 그림이 걸린 저곳은 뭐 하는 곳이야?" 잭이 물었다.

"저기는 스포츠 경기를 보는 술집이에요." 코너가 알려 주었다. "사람들이 경기하는 모습을 보면서 술을 마시죠."

"작은 병이 가득하고 예쁘지만 지루해 보이는 여자들 초상화가 걸린 저 반짝거리는 방은 뭐니?" 빨간 망토가 물었다.

"향수 가게예요." 브리가 대답했다.

빨간 망토는 그런 장소가 있다는 사실에 놀랐다. "이곳에서는 평민들도 향수를 뿌린단 말이야? 오, 한번 가 봐야겠다!"

젊은 여왕 빨간 망토는 브리가 말리기도 전에 향수 가게로 돌진했다. 어차피 비행기가 이륙하기 전까지 시간이 많이 남았기 때문에 코너는 친구들이 또 다른 세상 속 공항의 편의 시설들을 좀 더 탐험해도 괜찮을 것 같았다. 일단 코너는 골디락스를 커피 전문점에 데리고 가 바닐라 라떼를 시켜 주었다. 골디락스가 라떼를 즐기는 동안 코너는 잭을 스포츠 경기를 관람하는 술집으로 데려갔다. 그리고 잭에게 방송으로 중계되는 축구와 야구의 규칙에 대해 최선을 다해 설명했다. 하지만 잭은 코너가 아무렇게나 지어낸 것이라고 여겼다. 브리는 이 가게에서 저 가게로 마구 돌진하는 빨간 망토를 쫓아다니느라 진이 쏙 빠졌다. 장난감 가게에서 엄청나게 신이 난 어린아이를 돌보는 것 같았기 때문이다.

그러다가 비행기가 이륙하기 15분 전인 6시 반이 되자 일행은 26번 게이트 앞에 모여 겨우 의자에 앉았다. 빨간 망토는 무지막지하게 큰 쇼핑백을 가지고 와서 자기가 산 물건을 자랑스러운 듯 보여 주었다.

"내 생각에 이 세계는 색은 화려하지 않지만 대신 상품 제조업은 크게 발달한 것 같아요! 이 멋진 가방은 '인조가죽'으로 만들었다는데 그게 어떤 동물인지는 모르겠어요. 그리고 이 멋진 병에 담긴 향수는 이름이 '페브리즈'라고 하네요. 또 작은 손전등이 틀을 따라 죽 붙어 있는 손거울도 샀어요. 마지막으로 색이 화려한 《글래머러스》라는 제목의 잡지가 있어서 한 권 안 사고는 못 배기겠더라고요. 이거 봐요, '전 애인에게서 당신의 남자를 빼앗는 법'이라는 제목의 기사도 있잖아요. 마법 거울에 대한 내용도 있었으면 좋았을 텐데."

"무슨 돈으로 이걸 다 샀어요?" 코너가 물었다.

"돈이라니?" 빨간 망토가 처음 듣는 말인 양 되물었다.

"돈은 내가 냈어." 브리가 말했다. "비상용으로 가져온 신용카드가 없었으면 상점에서 절도죄로 체포됐을 거야. 하지만 이제 한도가 다 되어서 다음번 비상사태가 오면 다른 사람 카드를 써야만 해."

"걱정하지 마세요. 모두를 위해 선물을 산 거니까." 빨간 망토가 말했다. "코너, '내 인생의 고난이도 연기는 직접 한다'라고 적힌 이 셔츠 어떠니, 멋지지? 잭, 당신에게 주려고 '세계에서 가장 훌륭한 할아버지'라고 적힌 모자를 사 왔어요. 안됐지만 '가장 훌륭한 아버지' 모자는 다 떨어졌다고 하더라고요. 그리고 히어로에게는 이 귀여운 개구리 봉제 인형이 좋을 것 같아요. 찰리 삼촌을 언제나 곁에 두고 생각할 수 있을 테니까요. 골디락스, 네게는 '베이비본'이라는 편리한 도구를 선물할게. 옷을 입듯이 이걸 메고 아기를 안으면 돼."

"고마워, 빨간 망토. 정말 친절하구나! 너는 항상 생각이 깊고 세심해서 나를 늘 놀라게 해."

하지만 왜 그런지는 몰라도 골디락스는 평소보다 말을 훨씬 빨리 했고 왼쪽 눈가를 씰룩거렸다.

"이런 세상에! 골디락스, 대체 왜 그래?" 빨간 망토가 물었다.

"이 카페인이라는 것 때문에 그래!" 골디락스가 말했다. "라떼 한 잔을 다 마셨거든! 정확하게 말하자면 바닐라 라떼지만 말이야! 정말 훌륭한 음료였어! 왜냐면 몇 분 전까지만 해도 엄청나게 피곤했는데 이 음료를 마시고 나니 무적이 된 듯한 기분이 들어! 군대가 한꺼번에 덤

벼도 맨손으로 싸울 수 있을 것 같아. 사실 한 잔 더 마실 작정이야!"

그러자 잭이 아내의 어깨에 손을 얹으며 말했다. "여보, 그 카페인이라는 거 좀 적당히 마시는 게 좋을 것 같아요. 사람들이 다들 당신만 쳐다보잖아요."

"알려 드립니다, 존 에프 케네디 국제공항 219 항공편 승객들은 비행기에 탑승하여 주시기 바랍니다." 그때 마침 구내방송이 들렸다. "비행기표를 준비하고 줄을 서 주시기 바랍니다."

코너와 동료들을 비롯한 승객들이 게이트 앞에 줄을 섰다. 승객들은 비행기표를 확인받은 다음, 비행기와 연결된 이동식 탑승대를 건너 비행기에 탔다. 비행기는 출장 온 회사원들과 휴가를 받아 여행 가는 가족들, 한 무리의 보이스카우트들로 북적북적했다.

"저를 따라 오세요. 우리 자리가 어딘지 알려드릴게요." 코너가 동료들을 안내했다. "우리가 늦게 수속하는 바람에 자리가 뒤쪽으로 밀렸어요. 브리와 저는 38A와 38B이고 잭과 골디락스는 우리 뒤인 39A와 39B, 빨간 망토는 40A예요. 잠깐, 빨간 망토는 어디 갔죠?"

코너는 비행기 안을 샅샅이 훑어봤지만 빨간 망토는 어디에도 보이지 않았다. 그때 새로 산 빨간 망토의 가방 한쪽 모서리가 코너의 눈에 띄었다. 빨간 망토는 혼자서 일등석에 가서 앉아 있었다. 코너는 손을 흔들어 주의를 끌어 보려 했지만 빨간 망토는 이미 물티슈로 손을 닦고는 아까 산 《글래머러스》 잡지를 읽느라 정신이 없었다.

"실례합니다, 손님. 여기가 손님 자리인가요?" 한 승무원이 물었다.

"아뇨, 하지만 여기가 더 좋네요." 빨간 망토가 대꾸하고는 잡지로 다시 눈길을 던졌다.

승무원은 빨간 망토에게서 비행기표를 건네받아 좌석 번호를 살폈다.

"죄송합니다만 이곳은 일등석 티켓을 끊은 승객분들이 예약한 좌석입니다. 손님은 여기에 적힌 정해진 좌석으로 가서 앉으셔야 합니다."

"정해진 좌석이라고요?" 빨간 망토는 난생처음 듣는 말이라는 듯 되물었다. "어디가 제 좌석인데요?"

승무원은 빨간 망토의 친구들이 앉은 비행기 뒤편을 가리켰다.

"나보고 저 뒤에 앉으라는 건가요?" 빨간 망토가 믿기지 않는다는 듯 말했다. "나는 저 자리가 엘프 전용 좌석인 줄 알았어요! 저런 좁은 공간에 어떻게 사람이 앉을 수 있죠?"

"상업적으로 이윤을 내는 항공편이라서 그렇답니다." 승무원이 말했다. "지금 승객님이 정해진 좌석으로 옮기시지 않으면 이 비행기에서 내리셔야 합니다."

빨간 망토는 벌레 씹은 듯 기분 나쁜 표정으로 승무원을 바라보았다. 빨간 망토는 이코노미석으로 걸어가면서 퇴비가 쌓인 밭을 가로지르는 양 코를 싸맸다. 그리고 잭과 골디락스 뒤편의 40A 좌석에 몸을 구겨 넣었다. 빨간 망토의 드레스가 좌석 두 개를 다 차지했기 때문에 옆 좌석인 40B에 아무도 타지 않은 걸 다행으로 여겨야 했다.

승객이 비행기에 탑승하는 동안 머리 위 짐 넣는 공간에서는 쿠당탕 하는 소리가 끊이지 않았다. 이 소리가 귀에 거슬렸는지 히어로는 울음을 터뜨렸고, 기내에 있던 모든 사람이 잭과 골디락스 쪽을 쏘아보았다.

"사람들이 다들 우리가 자기들을 불쾌하게 만들었다는 듯 쳐다보는군." 잭이 말했다.

"아기를 데리고 비행기에 탔기 때문이에요." 브리가 말했다. "목적지인 뉴욕에 도착할 때까지 계속 울까 봐 걱정하는 거죠."

하지만 골디락스는 이런 상황을 참고 그냥 넘기지 못하는 성미였다. 그래서 골디락스는 히어로를 잭에게 넘기고는 모든 승객이 자기를 잘 볼 수 있도록 통로에 나와서 섰다.

"잠깐만 제 말 좀 들어주세요!" 골디락스가 큰 소리로 말했다. "어쩌면 여러분은 제 아기 울음소리가 마음에 들지 않을 수도 있겠죠. 하지만 상관없어요! 8일 전 이 아이가 제 몸에서 빠져나올 때 저는 사람이 경험할 수 있는 가장 큰 고통을 경험했거든요! 그건 우리 인간이라는 종의 생존을 위해 모든 어머니들이 견뎌야만 하는 고통이에요! 그건 자연스럽고, 용감하며, 아름답죠. 그러니 여러분은 어머니와 아이를 존중해야만 해요! 그런 기분 나쁜 표정을 지우지 않으면, 내가 뉴욕에 도착할 때까지 여러분을 엉엉 울게 만들 거예요!"

"내가 여러분이라면 제 아내 말을 귀담아들을 겁니다." 잭이 덧붙였다. "아내는 카페인에 취했거든요."

그러자 모든 승객이 재빨리 시선을 여기저기로 돌렸다. 브리는 골디락스를 향해 손뼉을 치도록 승객들을 유도했지만 따라서 손뼉 치는 사람은 한 명도 없었다.

일행이 다들 자기 자리에 앉아 문제를 일으키는 것을 멈추자, 코너는 그날 처음으로 숨을 깊이 들이마셨다. 비행기 안을 둘러보니 통로 건너편에 보이스카우트 한 명이 앉아 있었다. 통통하고 귀엽게 생긴 그 소년은 몹시 열성적인 보이스카우트 단원인 듯했다. 제복이 온통 배지로 덮여 있었기 때문이다. 소년은 뉴욕시 지도를 열심히 들여다보는 중이었고, 너무 들뜬 나머지 계속해서 몸을 들썩거렸다.

"안녕!" 코너가 자기를 쳐다보는 것을 알아챈 보이스카우트 소년이 인사를 건넸다. "내 이름은 올리버야. 네 이름은 뭐니?"

"나는 코너야. 뉴욕에 가게 돼서 신나는구나?"

"이렇게 흥분한 적은 난생처음이야!" 올리버가 큰 소리로 말했다.

"사실 비행기를 타 본 것도 처음이거든. 물론 새로운 경험을 한다고 해서 불안하지는 않아. 나는 여기 '용감한 대원' 배지도 받았거든."

"뉴욕에서 뭔가 재미있는 일을 할 거니?" 코너가 물었다.

"미국 곳곳의 걸스카우트와 보이스카우트가 모이는 큰 캠프에 갈 거야!" 올리버가 기분 좋게 말했다. "오늘 밤에는 센트럴파크에서 캠핑을 할 예정이지! 원래 뉴욕시에서는 센트럴파크에서 아무도 캠핑을 못 하게 하지만 우리는 예외야. 우리 집은 그렇게 부자가 아니어서 이번 여행 경비를 벌려고 팝콘을 엄청나게 팔아야 했어. 서부 지역 스카우트들 가운데 가장 많이 팔았다니까! 그 상으로 이 배지를 받았지."

"대단하구나." 코너가 말했다. "정말 팝콘을 많이 팔았나 봐."

"너는 어때? 너는 뉴욕에 가서 뭘 할 거니?"

"음…… 나는 가족을 방문할 거야. 그렇게 될 수 있다면 좋겠지만. 미리 얘기하지 않고 가는 여행이거든."

"멋지다." 올리버가 말했다. "음, 정말 재미있는 대화였어. 하지만 나는 다시 지도를 봐야 해. 착륙하기 전까지 여기 이 지명을 다 외워야 하거든. 나는 길 찾기 실력이 정말 뛰어나. 그래서 이 배지를 받았지."

"행운을 빌어." 코너가 말했다. "그리고 재미있는 캠핑이 되길 바라."

올리버가 환하게 미소를 짓자 뺨에 보조개가 드러났다. 그러고는 다시 뉴욕시 지도에 얼굴을 파묻었다. 뉴욕 여행에 신이 난 올리버를 보니 코너는 동화 속 세상을 처음 여행할 때의 알렉스 모습이 떠올랐다. 알렉스는 여러 왕국을 표시한 지도에 코를 박고 몰두했고, 어느 방향으로 가야 할지 코너와 의견이 달라 자주 다투기도 했다. 이 추억은 이번 주 들어 처음으로 코너를 웃음 짓게 했다. 하지만 그때만 해도 이야기의 땅이 익숙하지 않은 곳이었다고 생각하니 기분이 이상했다.

"신사 숙녀 여러분, 비상 상황에 어떻게 대응하는지 알려드릴 예정이니 주목해 주십시오." 스피커에서 방송이 나왔다.

승무원들이 복도에 서서 안전벨트를 채우는 방법과 구명조끼 입는 방법을 알려 주었고, 비상구가 어디인지 손으로 가리켰다. 비상 상황에 어떻게 산소마스크를 끼고 비행기를 탈출하는지 알려 주는 만화도 있었다. 승무원들의 시범이 끝나자 비행기는 게이트를 벗어나 활주로를 미끄러지듯 달리기 시작했다.

빨간 망토는 잭과 골디락스의 자리를 지나쳐 브리와 코너의 어깨를 톡톡 두드렸다.

"미안한데 이 노란색 조끼가 예쁘지 않아서 기절할 지경이야." 빨간 망토가 말했다. "기내 압력과 수상 착륙에 대해 다시 설명해 주지 않을래?"

"기내에 산소가 모자라면 우리 승객들이 숨을 쉴 수 있도록 비행기 천장에서 마스크가 떨어져요." 브리가 자세히 설명했다. "그리고 수상 착륙을 할 때는 비행기 바닥이 물에 뜨는 부양 장치가 되죠."

"하지만 그건 말도 안 돼." 빨간 망토가 말했다. "왜 물 위에 떨어지지? 운전하는 사람이 물을 빙 돌아서 갈 수는 없어?"

그때 갑자기 비행기가 활주로를 빠르게 달리기 시작했고, 그 힘 때문에 빨간 망토는 좌석 등받이에 쿵 하고 부딪치며 비명을 질렀다.

"대체 무슨 일이야!" 빨간 망토가 소리쳤다.

"진정해요. 이제 이륙해서 떠오르는 거예요." 브리가 말했다.

"어디로 떠오른다는 거야?"

"공중으로요."

브리는 빨간 망토도 당연히 알고 있으리라 생각했지만 겁에 질린 표정을 보니 그렇지 않은 듯했다.

"이 기계가 공중으로 떠오른다고?" 빨간 망토가 당황해하면서 외쳤다.

"그럼요, 그래서 '비행기'라고 부르는 거죠."

"내가 여기 타기 전에 그런 세세한 사항은 먼저 알려 줬어야지! 지금 내리기에는 너무 늦었지?"

"맞아요!" 기내에 탄 사람들 전부가 한목소리로 외쳤다.

비행기가 공중으로 치솟자 코너는 눈을 감았다. 비행기가 조금씩 흔들거렸지만 코너는 빠르게 잠에 빠져들었다. 하지만 불행히도 평화로운 휴식은 아니었다.

꿈속에서 알렉스의 모습이 번쩍이면서 휙 나타났다. 코너는 알렉스가 뭐라고 말하는지 제대로 알아들을 수 없었지만, 알렉스는 절박하게 무언가를 전달하려는 듯했다. 뭔가 끔찍한 일이 벌어질 것이라고 경고하고 있었다. 모든 것을 잃기 전에 코너가 그것을 멈춰야 한다고도 말했다. 코너는 알렉스에게 다시 한 번 말해 달라고 부탁했지만 알렉스의 목소리는 점점 더 알아듣기 힘들었다. 마치 둘 사이를 비추던 전구가 꺼져 가듯 알렉스의 모습도 점점 희미해졌다. 그리고 갑자기 어두운 연기 같은 구름이 알렉스를 휘감더니 마치 거대한 손처럼 알렉스를 끌고 갔다. 알렉스는 비명을 지르며 버둥거렸지만 코너는 도와줄 방법이 없었다.

"알렉스!" 코너가 소리를 지르고 몸을 움찔거리며 잠에서 깼다.

"괜찮아?" 브리가 물었다.

"악몽을 꿨어. 내가 얼마나 잔 거야?"

"한 시간쯤 잤어. 비행기가 이륙할 때부터 몸을 씰룩거렸는데 차마 깨우지 못했어. 그동안 무척 피곤했을 테니까 말이야."

"불편해도 잠깐이나마 눈을 붙이는 게 아예 잠을 안 잔 것보다는 낫지." 코너가 말했다. "너도 나만큼 잠을 못 잔 것 같은데. 잠을 자려고는 좀 해 봤어?"

"자려고 했는데 잠이 안 와." 브리가 대답했다. "머릿속이 너무 복잡해서."

코너가 고개를 끄덕였다. "그렇구나." 코너가 말했다. "이런, 나는 그동안 머릿속에 알렉스 생각뿐이었나 봐. 꿈속에서도 알렉스가 나올 정도라니까. 방금도 알렉스가 뭐라고 나에게 경고를 하는데 내가 무슨 말인지 알아듣지 못하는 악몽을 꿨어. 스트레스를 많이 받아서 그런 것 같아."

코너는 브리 쪽을 보며 자기 말에 공감해 주기를 바랐다. 하지만 브리는 그럴 만한 마음의 여유가 없는 듯했다.

"코너, 너에게 해야 할 말이 있어." 브리가 말했다. "그동안 너에게 부담 주고 싶지 않아서 사려 깊게 행동하려고 애썼어. 하지만 더는 나 혼자 감당할 수 없을 것 같아."

브리가 무슨 말을 하려는 건지 전혀 알 수 없었지만 코너는 긴장되어 몸 전체가 뻣뻣하게 굳었다. 브리는 언제나 차분하고 모든 면에서 느긋한 성격이었다. 웬만큼 심각한 일이 아니면 지나치게 열을 내거나 흥분하지도 않았다.

"뭐든 말해." 코너가 말했다. "그동안 골치 아픈 일이 너무 많아서 네가 뭘 말해도 그렇게 부담스럽지 않을 거야."

"좋아." 브리가 깊게 숨을 들이마시며 말했다. "저번에 코네티컷에 가서 겪었던 일에 대해 솔직하게 말하지 않은 게 있어. 친척을 만났던 건 사실이야. 하지만 내가 그곳에 갔던 이유에 대해서는 거짓말을 했어."

코너가 침을 꿀꺽 삼켰다. "다른 사람 때문이야?"

브리는 코너가 그런 질문을 하리라고는 전혀 예상하지 못했다.

"아니, 그런 건 아니야." 브리는 바로 요점을 말하기로 했다. "프랑스 군대가 물러나고 에머리히와 내가 동화 속 세상에서 돌아왔을 무렵, 나는 노이슈반슈타인 성의 문에 대해 곰곰이 생각해 봤어. 하지만 생각하면 생각할수록 말이 안 되는 거야."

"꽤 복잡한 역사가 얽혀 있지." 코너가 기억을 더듬어 가며 말했다. "1800년대 초반에 프랑스 군대가 그림 형제를 앞세워 동화 속 세상으로 들어가려 했지. 그림 형제가 그들을 노이슈반슈타인 성으로 데려가 마법의 팬파이프로 차원의 문을 열자 군대는 그 안으로 들어갔어. 하지만 프랑스 군대가 모르는 사실이 하나 있었지. 마더구스가 그곳에 마법을 걸어 두었다는 거야. 마법의 혈통이 흐르지 않는 사람이 문 안으로 들어가면 그 안에 200년 동안 갇혀 있어야 하는 마법이었지."

"맞아." 브리가 말했다. "내가 궁금했던 점은 에머리히와 내가 어떻게 문에 갇히지 않고 통과할 수 있었는가였어."

프랑스 군대가 동화 속 세상으로 쳐들어온 이후로 코너의 삶은 복잡하게 뒤엉켜 버렸다. 그래서 노이슈반슈타인 성에 있는 차원 사이의 문에 대해서는 곰곰이 생각해 본 적이 없었다. 하지만 브리의 말이 옳았다! 브리와 에머리히는 프랑스 군대가 그랬듯이 200년 동안 문 안에 갇혀 있어야만 했다. 그러지 않았다면 이유는 한 가지뿐이었다.

"너도 마법사의 혈통이 흐르는 거야!" 코너가 외쳤다. "에머리히는 내 사촌이니까 마법의 힘이 어디에서 왔는지 알 수 있지만, 너는 어떻게 된 건데?"

코너는 한 가지 가능성을 떠올렸고 심장이 쿵쾅쿵쾅 뛰었다.

"이런, 너도 나와 친척인가 보구나. 그런 거야?" 코너가 물었다.

"음, 아니야." 브리가 대답했다. "이 이야기에서 가장 역겨운 부분을 잊고 있구나. 그림 형제가 노이슈반슈타인 성에 있는 문을 열기 위해서는 그들에게도 마법사의 피가 흘러야 했지. 그래서 마더구스는 자기 피를 수혈해서 그림 형제에게 주었고 그림 형제는 팬파이프를 사용해 군대를 가둘 수 있었어. 그 이후로 그림 가문은 대대로 마법의 힘이 전해졌던 거지."

"DNA란 정말 대단하구나." 코너가 중얼거렸다. "그럼 넌 그림 형제의 후손이야?"

브리가 고개를 끄덕였다. "당연하지만 나는 어떻게든 그 가설을 증명하려고 애썼어. 코네티컷에 사는 친척 할머니 코넬리아의 집으로 달려간 것도 그런 이유에서였지. 우리 가문에 전해 내려오는 유산을 확인하고 싶었거든."

"그래서 코넬리아 할머니가 병원에서 온갖 별난 광경을 목격하고도 그렇게 침착할 수 있었구나! 너희 가문은 알렉스와 나보다도 더 오랫동안 마법과 동화 속 세상에 대해 잘 알고 있었던 거야!"

"코네티컷의 친척들은 그것보다 훨씬 더 많은 사실을 알고 있었어." 브리가 털어놓았다. "코넬리아, 프렌다, 완다는 '그림의 자매들'이라 불리는 비밀 모임의 일원이야. 나의 조상이 되는 할머니인 마리아 그림이 1852년에 이 모임을 처음 만들었지. 우리 가문 여자들은 동화 속 세상이 존재한다는 사실을 이미 알고 있었고, 전 세계에서 마법 때문에 벌어지는 여러 사건을 조사하고 있었어."

"마법 때문에 벌어지는 사건들이라고?" 코너가 되물었다. "어떤 것 말이야?"

"그동안 우리 친척들이 다른 사람들에게 들키지 않게 숨겨 왔던 사건들이 엄청나게 많아! 북아메리카 해안에 인어의 **뼈**가 떠내려온 일이라든가, 유럽에서 요정이 사진에 찍혔던 일, 오스트레일리아 사막에서 길을 잃고 방황하는 트롤이 발견된 일들이 그런 예야! 그림의 자매들은 동화 속 세상의 존재들이 또 다른 세상으로 건너오고 있다는 사실을 오래 전에 깨달았어. 하지만 어떻게 그런 일이 가능한지는 도무지 이해할 수 없었지. 너희 할머니와 요정들이 차원 사이의 문을 관리하고 있어서 이들의 도움 없이는 동화 속 세상의 존재들이 문을 통과할 수 없으니까 말이야."

"마법의 힘인가?"

"아니야, 과학의 힘이 작동하고 있었어!" 브리가 말했다. "그림의 자매들은 동화 속 세상이 또 다른 세상의 대체 가능한 차원이라는 사실을 발견했지. 마치 같은 경주로를 따라 달리는 경주용 차와 마찬가지인 거야. 하지만 또 다른 세상이 동화 속 세상보다 훨씬 빠르게 움직여서 두 세계가 짧은 시간 동안 겹치는 경우가 종종 생겨. 더 정확히 말하자면 두 세계가 충돌하는 셈이지. 이렇게 충돌이 일어날 때마다 두 세계를 잇는 문이 잠깐씩 나타나. 이 사실은 요정들도 모르고 있지. 수백 년 동안 수많은 동화 속 세상의 존재들이 우연히 발을 헛디디며 이 문 안으로 들어섰고, 그래서 또 다른 세상에 나타날 수 있었던 거야. 그런데 16년 전부터 두 세계가 충돌하는 것을 멈췄고, 차원 사이의 문은 더 이상 나타나지 않았어."

"왜? 무슨 일이 벌어진 거야?"

브리가 웃음을 터뜨렸다. "정말 모르겠어?"

"가만있자, 나와 알렉스가 태어났기 때문이구나!" 코너가 외쳤다. "우리는 두 세계 모두에 속한 존재니까. 우리가 태어나자 마치 마법처럼 동화 속 세상과 또 다른 세상의 속도가 똑같아진 거지."

"맞아!" 브리가 말했다. "두 경주용 차가 비슷한 속도로 달리기 때문에 겹쳐지기까지는 시간이 더 많이 걸리게 되지."

"그러면 얼마나 더 있어야 두 세계가 다시 충돌하는데?"

"그림의 자매들은 머지않아 충돌이 일어날 거라고 예측했어. 그런데 걱정되는 점이 한 가지 있어. 이번에 충돌이 일어나면 두 세계가 영원히 합쳐질지도 모른다는 거야. 차원 사이의 문이 나타나는 게 아니라, 두 세계를 잇는 다리가 생긴다는 거지."

"그 다리가 생길 위치가 어디인지 알아?" 코너가 물었다.

"그림의 자매들은 과학적인 방법으로 자세히 조사했어." 브리가 대답했다. "예전에 문이 나타났던 위치를 전부 살핀 끝에 자매들은 다리가 생길 장소가 뉴욕 한복판이라고 예측하고 있어."

"뉴욕이라고?" 코너가 외쳤다. "얼마나 확실한 거야?"

"우연은 아닐 거야, 코너." 브리가 말했다. "이건 차원을 넘나드는 거대한 현상이야! 그러니 여기에 대해서는 그림의 자매들 말고도 아는 사람이 있을 거야. 그림의 자매들이 과학을 활용해서 이 현상을 발견했다면, 누군가는 마법의 힘을 통해 발견했겠지. 만약 알렉스가 마녀에게 납치됐다면, 알렉스를 뉴욕으로 데리고 간 이유가 있을 거야. 그리고 그 이유는 세계가 충돌하는 현상과 관련이 있는 게 분명해."

코너는 쾅 하고 좌석에 등을 기댔다. 하지만 이번에는 비행기가 이륙하는 힘 때문이 아니라 두려움 때문이었다. 아까 코너가 했던 말과 달리 지금껏 겪었던 일들보다 훨씬 더 골치 아픈 일이 생길 것 같았다.

"신사 숙녀 여러분, 알려 드립니다." 스피커에서 승무원의 목소리가 들렸다. "비행기 기장이 좌석 벨트가 그려진 등을 켰습니다. 곧 난기류가 닥치리라 예상됩니다. 기체가 많이 흔들릴 예정이니 자리에 머물러 주십시오."

코너가 한숨을 쉬며 말했다. "비행기 처지가 꼭 우리 앞날 같네."

6장

거울에 갇힌 사람들

프로기는 북쪽 궁전의 모든 거울을 미친 듯이 샅샅이 뒤지고 다녔다. 알렉스와 코너에게 연락할 수 있도록 도와줄 사람을 찾기 위해서였다. 프로기는 쌍둥이가 왕족들과 함께 어딘가에 숨었을 가능성이 높다고 생각했다. 그래서 이들이 숨은 장소를 아는 사람을 찾아 이야기 속 군대가 또 다른 세상으로 쳐들어갈 계획이라는 사실을 알려줄 작정이었다.

하지만 여기저기 뒤질수록 프로기는 이 작전이 성공할 수 있을지 점점 더 자신이 없어졌다. 궁전의 방들은 텅 비어 있거나 아니면 하트 여왕의 카드 병사, 사악한 서쪽 마녀의 날아다니는 원숭이, 후크 선장의 선원들이 점령한 상태였다. 가끔은 궁전의 하인들도 종종 눈에 띄었지만 비열한 황제들과 혐오스러운 부하들이 늘 가까이에 있었다. 이들의 시중을 들지 않을 때면 하인들을 지하 감옥에 가두어 두었다. 하지만 지하 감옥에는 프로기가 하인들과 대화할 통로가 될 만한 거울이 하나도 없었다.

게다가 프로기가 도움을 줄 누군가를 찾는다고 해도, 그 사람이 쌍둥이가 있는 위치를 알 확률 또한 무척 낮았다. 그럼에도 프로기는 불가능에 가깝고 힘이 많이 드는 작업을 계속해 나갔다. 그리고 머지않아 프로기는 도움을 줄 사람을 구하는 일이 생각보다 그렇게 불가능하지만은 않다는 사실을 알았다. 그동안 프로기는 거울 속에서 적절하지 않은 곳만 헤매고 다녔던 것이다.

"안녕하세요."

그때 부드러운 목소리가 인사를 건네는 바람에 프로기는 깜짝 놀라 풀쩍 뛰었다. 프로기는 궁전 거울들 사이를 이리저리 빠르게 살피며 어디서 나는 목소리인지 열심히 찾았다. 하지만 도저히 알 수가 없었다.

"나는 궁전 안에 있는 게 아니에요." 목소리의 주인공이 웃으며 말했다. "당신 바로 뒤에 있어요."

프로기는 어깨 너머로 시선을 옮기다가 거울 세계에 자기 말고도 또 다른 누군가가 있다는 사실을 알고 깜짝 놀라서 펄쩍 뛰었다. 어둠 속에서 프로기를 향해 다가온 사람은 작은 소녀였다. 검고 윤기 나는 긴 머리칼에 창백할 정도로 흰 피부를 가진 그 소녀는 기껏해야 여덟 살이 채 되지 않은 것처럼 보였다. 하지만 프로기는 그동안 혼자였던 상황에 익숙해졌던 만큼, 이 소녀가 혹시 환상이 아닌지 잠깐 고민했다. 하지만 그렇지 않다는 사실을 곧 깨달았다.

"이런, 세상에." 프로기가 믿기지 않는다는 투로 말했다. "너는…… 진짜 사람이구나!"

그러자 조그만 소녀가 낄낄댔다. "물론 사람이죠. 사람이 아니면 뭐겠어요?"

"내가 너무 야단스럽게 반응해서 미안하구나." 프로기가 사과했다. "여기서 다른 사람을 보게 되어 마음이 놓여서 그랬어. 나 말고 다른 누군가가 이 거울 안에 갇혀 있으리라고는 생각도 못 했거든."

"그런가요? 수백 명쯤 되는 사람들이 이 거울 속에 갇혀 있어요." 소녀가 말했다. "저는 날마다 수십 명씩 새로운 사람들을 발견하는걸요."

하지만 프로기가 어두컴컴한 주위를 아무리 둘러봐도 자기와 소녀 말고는 다른 사람은 전혀 보이지 않았다.

"다른 사람이 어디 있다는 거니?" 프로기가 물었다. "나는 몇 주 동안 이 세계에 있었지만 지금 너밖에는 발견하지 못했는걸."

그러자 소녀는 재미있는 만화영화를 보듯 프로기를 바라보았다.

"꼭 거울 안쪽에 갇혀 있지 않더라도 거울에 갇힐 수 있죠." 소녀가 말했다. "날마다 거울을 바라보면서 자기 모습을 마음에 들어 하지 않는 많은 사람들을 생각해 보세요. 그리고 거울에 비친 자기 모습에 행복해하는 사람들도요. 자기 외모가 마음에 들지 않는다는 이유로 하루하루 불행하게 살아가는 사람들을 생각해 봐요. 그런 사람들은 전부 거울에 갇혀 있는 셈이에요."

프로기는 잠깐 할 말을 잃었다. 이렇게 어린아이에게서 이런 대단한 깨달음을 얻게 될 줄은 몰랐다.

"그렇게 생각할 수도 있겠구나. 그 말을 듣고 보니 내가 거울에 갇힌 건 이번이 두 번째인 셈이야." 프로기가 말했다.

"첫 번째는 언제였어요?" 소녀가 물었다.

"오래전 나는 개구리로 바뀌는 저주에 걸렸단다." 프로기가 설명했다. "나는 내 외모가 너무 부끄러워서 여러 해 동안 세상과 동떨어진 채 숨어 지냈어. 다른 사람들이 겉만 보고 나를 판단할 것이라는 두려움에 떨면서 말이야. 하지만 운 좋게도 너무 늦지 않게 그 두려움을 딛고 일어섰단다."

"무엇 때문에 생각이 바뀌었나요?"

"내가 가장 못생겼던 시기에 인생에서 가장 멋진 연인과 친구들을 만났지." 프로기가 미소를 지으며 말했다. "그것만큼 겉모습이 중요하지 않다는 사실을 확실하게 증명해 주는 것도 없잖니."

소녀는 살짝 한숨을 쉬며 고개를 절레절레 저었다.

"그건 다행이네요." 소녀가 말했다. "하지만 대부분의 사람은 평생 그 사실을 깨닫지 못하죠. 나는 날마다 수많은 사람들이 거울에 비친 자기 모습을 몹시 슬픈 눈으로 바라보는 걸 지켜보곤 해요. 그러면 나는 사람들에게 칭찬해 주고 외면보다는 내면이 중요하다고 얘기해 주죠. 하지만 사람들은 거울 속에서 낯선 어린 여자애가 보인다는 사실에 깜짝 놀란 나머지 정작 내가 하는 말은 듣지도 않아요."

프로기는 이렇게 특이한 아이는 처음이었다. 거울 사이를 자유롭게 돌아다니며 우아하게 얘기하는 모습을 보니 프로기는 아이가 진짜 나이 어린 소녀가 아닐지도 모른다는 생각이 들었다.

"네 이름이 뭐니?" 프로기가 물었다.

소녀는 잠깐 생각했지만 아무것도 떠오르지 않는 듯했다.

"기억나지 않아요." 소녀가 대답했다. "예전에는 이름이 있었던 것 같지만 지금은 기억나지 않네요."

"놀랍지도 않은 일이구나." 프로기가 말했다. "이 차원에서 오래 생활하다 보면 부작용으로 기억을 잃어버리게 되니까 말이야. 우리가 여기에 오래 머물면 머물수록 우리는 점점 더 거울에 비친 상처럼 희미해질 거야. 넌 여기에 얼마나 갇혀 있었니?"

소녀는 아까보다 좀 더 힘껏 기억을 끄집어내려 애썼지만 역시 대답하지 못했다.

"그것도 기억나지 않아요." 소녀가 웃음을 터뜨리며 대답했다.

"기억을 잃은 게 신경 쓰이지 않니?"

"한때는 그랬지만 지금은 그때 왜 그랬는지도 잊어버렸어요." 소녀가 말했다. "사실 저에게 기억을 잃는다는 건 꽤나 유쾌한 일이에요. 좋은 기억을 가진 사람들에게는 기억이 좋은 것이겠지만, 어떤 사람에게는 기억을 잃는 게 오히려 위안을 주니까요."

"네가 그렇게 생각할 만큼 슬픈 삶을 살았나 보구나." 프로기가 말했다.

"그랬던 것 같아요." 소녀가 곰곰이 생각하며 말했다. "꿈을 꾸었던 시절이 그립기도 해요. 하지만 아예 꿈을 꾸지 않으니 더 이상 악몽을 꾸지 않아도 돼요. 어쩌면 아저씨도 망각을 즐기게 될지도 몰라요."

소녀가 가진 기묘한 생각을 들은 프로기는 더욱더 조바심이 났다. 얼마나 더 시간이 지나야 기억을 잃게 되는지 몰랐지만, 이 소녀를 보니 머릿속이 깨끗이 지워지기까지는 시간이 얼마 남지 않은 것 같았다.

"하지만 난 기억과 망각 말고도 신경 써야 할 것들이 있단다." 프로기가 말했다. "나는 내 친구들에게 경고해 줄 누군가를 간절히 찾고 있어. 친구들의 고향에 무시무시한 군대가 곧 쳐들어갈 예정이라 너무 늦지 않게 친구들에게 그 사실을 알려야 하거든. 혹시 거울에 비친 우리 모습을 겁내지 않으면서 얘기를 나눌 만한 사람이 궁전에 있니?"

소녀는 잠깐 생각을 하는 듯했고 놀랍게도 답을 기억해 냈다.

"예전에 꽤 많은 사람들을 놀라게 하지 않으면서 얘기를 나눴던 기억이 있어요." 소녀가 예전 기억을 떠올렸다. "하지만 이 궁전에서는 누군가와 대화했던 것 같지 않아요."

"그 말은 네가 다른 궁전으로 옮겨갔다는 거니?" 프로기가 물었다.

"음, 물론이죠! 저는 그동안 여러 왕국을 여행했어요. 아저씨는 그러지 않았나요?"

"그러지 않았단다." 프로기가 말했다. "마녀의 지하실을 제외하면 나는 이 세계에서 북쪽 궁전 거울들 사이만 돌아다녔어."

"아저씨는 어떤 거울이든 여기저기 옮겨 다닐 수 있어요." 소녀가 설명했다. "어디에 가고 싶은지 머릿속에 떠올리기만 하면 거울의 차원을 통해 그곳에 갈 수 있게 될 거예요. 무척 간단해요."

그 말을 들은 프로기는 거울 세계에서 보냈던 지난 시간이 이해되기 시작했다. 뭔가를 조사하기 전에 이미 알고 싶은 것을 깨달았고, 멀리 떨어져 있는 북쪽 궁전에 생각보다 빨리 닿을 수 있었던 것도 이제야 설명되었다. 자기가 여러 왕국을 넘나들며 모든 거울 사이를 옮겨 다닐 수 있다는 사실을 알게 된 프로기는 지난 몇 주 동안 처음으로 희망을 품었다. 알렉스와 코너가 어디든 거울 가까이에만 있다면 프로기 자신이 직접 경고할 수도 있다. 두 사람이 숨어 있을 만한 장소를 머릿속으로 떠올리기만 하면 된다.

프로기는 눈을 감았다. 맨 처음 떠오른 장소는 중앙 왕국의 성이었다. 프로기는 성의 복도와 응접실, 식당, 그리고 빨간 망토가 자기를 위해 지어 준 널찍한 도서관을 머릿속에 떠올렸다.

"해냈군요!" 소녀가 환호했다. "저길 봐요! 더 많은 거울이 나타났어요!"

프로기는 눈을 뜨고 소녀가 가리키는 방향을 바라보았다. 저 멀리 어둠 사이로 반짝이는 불빛들이 모여 있었다. 마치 별이 뜬 밤하늘을 작게 오려 붙인 것 같았다. 소녀는 프로기의 손을 잡고 빛이 있는 방향으로 끌어당겼다.

"이 거울들 먼저 조사해요. 그리고 만약 이 거울에 아저씨 친구들이 없다면, 다른 왕국의 거울을 샅샅이 뒤져 보는 거죠!" 소녀가 말했다.

"혹시 괜찮다면 나를 도와줄 수 있겠니?" 프로기가 물었다.

"상관없어요." 조그만 소녀가 대답했다. "제가 실제로 뭔가 한 지는 오래됐지만요. 그나저나 아저씨에게 이름 여쭤보는 걸 깜박했네요. 이름이 뭐예요?"

프로기는 대답을 하려고 입을 벌렸지만 말을 내뱉을 수 없었다. 잠깐 머릿속이 뒤엉켜 생각이 나지 않는 것이라 생각했지만 침묵은 계속 이어졌다. 아무리 머리를 쥐어짜도 프로기는 도저히 자기 이름이 생각나지 않았다.

"나…… 나…… 나는 기억이 나지 않아." 프로기가 솔직히 털어놓았다. "하지만 지금은 그게 중요한 게 아니야. 내 친구들을 찾아서 경고하는 게 더 중요해."

소녀는 어깨를 으쓱하고는 폴짝폴짝 뛰면서 새로 생겨난 거울 쪽으로 프로기를 끌고 갔다. 프로기는 소녀가 자기를 안내해 줘서 다행이라고 생각했다. 그렇지 않았다면 이름을 잊어버렸다는 것에 당황한 나머지 그 자리에 얼어붙어 꼼짝도 하지 못했을 것이다. 쌍둥이가 어디 있든지 간에 프로기는 그들을 빨리 찾아낼 수 있기를 바랄 뿐이었다. 쌍둥이에게 경고할 게 있다는 사실을 자기가 잊어버리지 않아야만 두 사람에게 이야기 속 군대에 대해 말해 줄 수 있을 테니까 말이다.

7장

피자 베이글과 바리케이드

맨해튼 미드타운 5번로 34번가 모퉁이에는 치지 스트리트라는 이름의 유명한 식당이 있다. 이곳은 여행객이라면 꼭 들르는 인기 있는 장소였고, 뉴욕에서 유명하다는 음식은 전부 팔았다. 여행객이든 이곳 주민이든 인기 높은 이곳 피자와 베이글, 치즈케이크, 양념한 소고기를 훈제해서 식힌 요리인 파스트라미, 조개를 넣은 크림수프를 맛보려고 치지 스트리트를 찾았다. 이곳 직원들은 몇 년 동안 일하면서 특이한 손님이라면 다들 적잖게 경험했지만 오늘 점심을 먹으러 온 열두 명의 손님들 같은 경우는 처음이었다.

민디와 신디, 린디, 웬디('책을 껴안는 자들'이라는 모임을 한다고 알려진)는 치지 스트리트의 대표 메뉴인 피자 베이글을 나눠 먹는 중이었다. 아이들은 아무 말 없이 무표정하게 접시에 담긴 치즈가 듬뿍 든 빵을 내려다보았다. 아이들 건너편에는 책을 껴안는 자들 모임 회원 부모님 여덟 사람이 앉아 있었다. 딸들을 바라보는 부모님들 눈에는 걱정과 경고의 눈빛이 한가득이었다. 마치 아이들을 도화선에 문제가 생긴 폭탄 보듯 했다.

"우리가 여기까지 함께 여행 오게 되어 기뻐요." 민디의 엄마가 말했다. "무척 급하게 결정되기는 했지만, 가끔 즉흥 여행이 머리를 비우는 데는 더 좋죠. 그렇지 않나요?"

하지만 책을 껴안는 자들 모임의 아이들은 물음에는 대답하지 않고 접시만 내려다보고 있었다.

"우리가 딱 좋은 장소를 골랐네요." 신디의 아빠가 말했다. "뉴욕은 정말 멋진 도시예요. 그렇지 않아요? 할 것도 많고 볼 것도 많고요. 여태까지 경험했던 것 가운데 뭐가 제일 마음에 들었나요?"

이번에도 책을 껴안는 자들 모임의 아이들은 한마디도 하지 않았으며 조금의 움직임도 보이지 않았다.

"저는 센트럴파크가 좋았어요." 린디의 엄마가 말했다. "엠파이어 스테이트 빌딩과 엘리스섬도 마음에 들었고, 유엔 건물 투어도 좋았어요. 그리고 어젯밤에 본 〈오페라의 유령〉도 좋았어요."

"뉴욕을 방문한 사람은 이 도시에 어떻게든 영향이나 영감을 받게 되는 것 같아요." 웬디의 아버지가 말했다. "이 도시에 와 보면 이 세상에 얼마나 별난 사람이 많은지 깨닫게 돼요. 여러분의 시간과 에너지를 들일 별난 흥밋거리도 많을 거예요. 여기에 와 보니까 윌로 크레스트와 그곳에 사는 사람들은 지루하고 밋밋해 보이는걸요. 그렇게 생각하지 않나요?"

책을 껴안는 자들 모임 아이들은 얼굴을 쳐다보지도 않고 똑같은 동작으로 고개를 끄덕였다. 그 모습은 으스스할 정도였지만 아이들 부모는 어떤 반응이든 반갑게 여겼다.

"이제 방 안의 코끼리처럼, 다들 알고 있지만 모두가 꺼려했던 문제에 대해 얘기해 보죠. 여기 치지 스트리트의 마스코트인 코끼리를 뜻하는 건 아니에요." 민디의 또 다른 엄마가 말했다. "지난주에 너희들이 무척 힘들었다는 사실은 알고 있단다. 정신질환에서 회복하려면 엄청난 노력이 필요하지. 환각과 망상 같은 증상은 본인이 자각하고 인정하기가 무척 힘들어. 하지만 우리는 너희들이 제대로 된 조치를 취한 후 극복하려 한다는 사실이 너무나 자랑스럽단다. 잭슨 선생님은 너희들 모두 약간의 시간과 애정, 즐거운 오락거리만 있으면 씻은 듯 말끔히 나을 거라고 자신 있게 말씀하셨어. 이번 즉흥 여행으로 의사 선생님께 처방받은 것들을 얻게 되었으면 좋겠다."

책을 껴안는 자들 모임의 아이들은 마침내 접시에 뒀던 시선을 들어 올려 부모님들을 향해 미소 지었다. 이번 여행만으로 알렉스와 코너 쌍둥이를 머릿속에서 몰아내는 건 무리였다. 하지만 부모님들의 관심과 위로가 아이들 마음을 따뜻하게 했다.

"고맙습니다." 민디가 말했다. "그리고 비록 저희가 이번 주 내내 한 마디도 하지 않았지만 여행에 데려와 주셔서 정말 감사드려요."

"맞아요, 이번 주는 정말 대단했어요." 신디가 말했다. "직장을 쉬면서까지 저희를 보살펴 주셔서 정말 감사해요."

"앞으로 저희가 어떤 일을 겪게 되든 힘을 보태 주시는 부모님이 계셔서 다행이라고 생각해요." 린디가 덧붙였다.

웬디는 자기 가슴 쪽을 가리켰다가 다시 부모님 쪽을 가리켰다. 부모님이 건넨 위로에 마음 깊이 감사한다는 의미였다. 책을 껴안는 자들 모임의 부모님들은 마침내 아이들이 입을 연 모습에 안도한 나머지 눈물을 흘렸다.

"정말 잘됐구나." 신디의 엄마가 말했다. "우리 모두 같은 마음이라 무척 기쁘단다. 그럼 뉴욕에서 보내는 마지막 날을 최대한 즐기자꾸나. 점심 먹고 헬리콥터 투어 할 거야. 그 전에 일단 디저트부터 주문하자!"

열두 명의 손님들은 기분 좋게 디저트 메뉴판을 살폈다. 하지만 네 대의 경찰차가 사이렌을 번쩍이며 쏜살같이 거리를 지나가는 통에 이들의 안정은 금방 깨지고 말았다.

"이런 도서관에 무슨 일이 일어났는지 모르겠지만 심각한 상황인가 보구나." 린디의 아빠가 말했다. "저 방향으로 달려가는 경찰차가 수십 대는 되고, 반경 두 블록 내의 건물에 있는 사람들을 전부 대피시킨다고 하니까 말이야."

"아까 5번로에서 쇼핑할 때 경찰관에게 무슨 일이 일어났는지 물어봤단다." 웬디의 엄마가 말했다. "경찰은 대규모로 가스가 샜다고 했어. 하지만 모든 건 처리 가능한 상황이라고 했지. 사람들을 대피시키는 건 만일의 상황을 대비한 예방책일 거야."

책을 껴안는 자들 모임의 아이들은 부모님들 뒤쪽 창문 너머로 경찰차들이 5번로로 달려가는 모습을 바라보았다. 하지만 아이들은 34번가에서 또 다른 놀랄 만한 광경을 목격하고는 다시 한 번 심장이 멎는 듯했다. 경찰들이 지나갈 때까지 멈춰서 기다리는 택시의 앞 창문 사이로 주근깨가 난 무척 익숙한 얼굴이 보였기 때문이다.

"코너!" 책을 껴안는 자들 모임의 아이들이 다 함께 숨을 헉 하고 삼켰다.

부모님들은 아이들의 시선을 따라 재빨리 뒤를 돌아보았다. 그러고는 도화선에 불이 붙은 폭탄을 보는 것처럼 아이들을 쳐다보았다.

"너희 지금 뭐라고 했니?" 민디의 엄마가 물었다.

"코노?" 신디의 아빠가 제안했다. "'코노'라고 말한 것 같네요. 맞지?"

"아니에요, 아빠!" 신디가 말했다. "뒤를 돌아보세요! 이번에는 머릿속 환상이 아니라고요! 코너 베일리가 여기 치지 스트리트 밖 택시에 타고 있어요!"

부모님들은 빠르게 고개를 돌려 창밖을 보았다. 하지만 어떻게 된 영문인지 알 수 없는 우연의 일치로 코너는 바로 1초 전 고개를 숙여 버렸다. 택시 안에서 부모님들이 본 사람이라고는 서아시아 출신의 택시 기사뿐이었다. 택시는 거리를 계속해서 달렸고 조금 뒤에야 코너는 고개를 들었다.

"안 돼!" 민디가 소리쳤다. "그 애가 거기 있었다고요, 바로 저기에!"

"저도 봤어요. 맹세할 수 있어요!" 린디가 소리 높여 말했다. "코너 베일리가 창밖에 있었다고요!"

"그런데 코너가 여기에는 왜 온 거지?" 신디가 물었다. "뉴욕에 식당이 이렇게나 많은데 하필 왜 우리가 있는 식당 밖을 지나간 거지?"

"그럼 단 하나의 설명만이 가능해!" 민디가 단호하게 말했다. "줄곧 우리의 말이 옳았어! 알렉스와 코너에게 뭔가 초자연적인 현상이 일어난 거야! 그게 학교에서 시작되었고, 병원으로 퍼졌고, 이제 뉴욕까지 다다른 거지!"

웬디는 두 주먹을 불끈 쥐고는 식탁을 내리쳤다. 마치 이렇게 말하려는 듯했다. "우리를 둘러싸고 엄청난 음모가 벌어지고 있는 게 분명해. 우리가 끝까지 파헤쳐서 알아내야 해!"

책을 껴안는 자들 모임의 아이들은 울음을 터뜨렸다. 부모님들은 당혹스러운 표정을 주고받으며 한숨을 쉬었다. 뉴욕은 부모님들이 바랐던 만큼 머리를 식힐 만한 즐거운 여행지가 아닌 게 분명했다. 이미 치지 스트리트 식당의 모든 손님이 이쪽을 쳐다보고 있기는 했지만, 린디의 엄마는 손을 번쩍 들어 웨이터를 불렀다.

"계산서 가져다주세요!" 린디의 엄마가 외쳤다.

비행기가 난기류를 지나 존 F. 케네디 국제공항에 거칠게 착지하자 코너는 동료들과 함께 택시로 뛰어든 후 다시 우당탕탕 맨해튼까지 달려갔다. 택시는 마치 도로의 움푹 파인 곳을 지날 때마다 요금을 받기라도 하듯 미드타운까지 가는 내내 고속도로에서조차 마구 흔들렸다.

골디락스는 히어로를 안고 있기가 힘들어서 빨간 망토가 사 준 베이비본 아기띠를 메고 히어로를 그 안에 넣었다. 하지만 히어로는 마구 흔들거리는 차 안이 그렇게 힘들지만은 않은 듯했다. 골디락스의 배 속에서 아홉 달을 보내는 동안 이런 흔들림 정도에는 익숙해져서인지도 몰랐다. 택시가 거세게 흔들릴수록 히어로는 오히려 더 편안하게 잠이 들었다.

코너는 앞쪽에 앉아 지역 뉴스가 나오는 채널로 라디오를 돌렸다. 지난밤 이후 상황이 어떻게 달라졌는지 궁금해서였다. 뉴스에 따르면 대규모의 가스 누출 사고가 일어나 뉴욕 공립 도서관 주변에 바리케이드를 치고 주민들을 대피시키고 있었다. 하지만 텔레비전에서 봤을 때 살아 있는 듯 움직였던 도서관의 사자상에 대해서는 놀랍게도 언급조차 없었다.

"이해가 되지 않네." 코너가 말했다. "사자상이 경찰관들을 때려눕히는 장면이 방송되었잖아! 우리만 본 게 아닐 텐데."

"아마 사람들이 과민 반응을 일으킬까 봐 숨기려는 걸 거야." 브리가 말했다. "1947년 뉴멕시코 로즈웰에 미확인 비행물체인 UFO가 떨어졌을 때도 그랬지. 신문에서 비행물체의 잔해가 발견되었다고 보도했지만, 다음 날 군대가 신문사에 그 기사를 취소하게 하고 기상 관측 기구였다고 바꿔 말하게 했어."

코너는 알렉스도 기상 관측 기구로 바뀌어 보도되지 않을까 하는 생각에 침을 꿀꺽 삼켰다. 코너는 알렉스가 너무나도 걱정된 나머지 창문 밖으로 빠르게 스쳐 지나가는 퀸스의 풍경이나 멀리 보이는 맨해튼의 건물들이 하늘과 맞닿아 있는 스카이라인 같은 건 눈에 들어오지도 않았다. 이윽고 택시는 퀸스와 미드타운을 연결하는 터널을 지났는데 이 터널은 이스트강 아래를 뚫고 지나 맨해튼 한복판까지 연결되어 있었다. 코너와 동료들은 사람들이 붐비는 인도와 높은 마천루 빌딩 사이를 요리조리 지나치는 동안 뉴욕이라는 도시의 풍경을 놀라움이 가득한 눈으로 바라보았다. 북적거리는 대도시의 모습은 너무나도 장관이어서 알렉스에 대한 걱정이 코너의 머릿속에서 잠깐 사라질 정도였다.

"도시 전체가 와글대는 것 같아." 골디락스가 말했다. "여기서 정신 차리고 살려면 카페인이 정말 많이 필요하겠는걸."

"여기 건물들은 내가 올라갔던 콩나무보다도 더 높아!" 잭이 말했다. "코너, 뉴욕의 건물들이 이렇게 높다고 내게 왜 말해 주지 않았니?"

"사실 저도 여러분만큼이나 놀라고 있어요." 코너가 말했다. "이런 도시에 대한 글을 쓴 적은 있지만, 여러분이 지금 뉴욕을 본 첫 느낌만큼 제 글에서 묘사하지 못했죠. 그 이유가 뭔지 이제야 알겠어요. 도저히 말로 표현할 수 없으니까요."

하지만 빨간 망토는 툴툴거렸다. 또 다른 세상이 여전히 마음에 들지 않는 듯했다.

"큰 도시인 건 분명하네. 하지만 왜 이렇게 모든 게 네모난 상자뿐인 거지?" 빨간 망토가 불평했다. "탑이나 둥근 돔, 멋진 나선 모양으로는 만들 수 없었던 거야? 여기 있자니 신발 상자에 갇힌 쥐가 된 기분이야."

일행을 태운 택시가 넓은 교차로를 통과했다. 그러자 크라이슬러 빌딩의 반짝이는 지붕이 눈에 들어왔다. 빨간 망토는 새된 비명을 지르며 손과 이마를 택시 창문에 꾹 누른 채 밖을 바라봤다.

"저건 마음에 들어!" 빨간 망토가 말했다.

택시는 5번로와 34번가 모퉁이에 잠깐 서서 여러 대의 경찰차가 지나가기를 기다렸다. 그러는 동안 치지 스트리트라는 식당 창문에서 눈에 익은 몇몇 얼굴이 보였지만 코너는 단지 착각이리라 생각했다. 한 번 더 확인하려는 순간 코너는 바닥에 지갑을 떨어뜨리는 바람에 몸을 숙여 주웠다. 그리고 다시 똑바로 일어나 앉았을 즈음 택시는 이미 다시 달리고 있었다.

경찰차들이 다 지나가자 택시 운전기사는 5번로 남쪽으로 방향을 돌려 33번가와 34번가의 사이에 차를 세웠다.

"가능한 도서관에 가까이 세워 달라고 했지만 그래도 여기서 내리시는 게 좋겠어요." 택시기사가 말했다. "가스 누출 사고가 일어나서 그 근처는 차가 많이 밀리거든요. 그러니 도서관까지는 걸어가는 게 더 빠를 거예요."

"그게 낫겠네요." 코너가 말했다. "얼마를 드려야 할까요?"

"모두 합쳐 60달러입니다." 택시기사가 말했다.

"여기까지 태워다 줬다고 돈을 내야 해?" 빨간 망토가 믿을 수 없다는 표정으로 물었다. "세상에, 고삐가 풀려서 마음대로 가는 마차가 훨씬 더 편하겠어. 두 번만 더 크게 흔들렸다가는 내장이 뒤죽박죽될 뻔했다고!"

"투덜대지 말아요, 아가씨." 택시기사가 말했다. "그래도 잘 닦인 도로로 온 거니까."

코너는 지갑에서 현금을 꺼내 택시기사에게 지불했다. 그리고 코너와 동료들은 택시에서 내려 5번로 인도의 북적이는 행인들 사이로 끼어들었다. 코너는 거리를 이리저리 살폈지만 지나가는 사람이 워낙 많아서 여기가 어디인지 도저히 알 수가 없었다.

"어느 방향으로 가야 공립 도서관이 나오지?" 코너가 혼잣말했다.

"휴대폰으로 찾고 싶긴 한데, 그러면 우리 부모님이 내가 어디 있는지 추적할지도 몰라. 여기에 대해 설명하자면 너무 기니까." 브리가 말했다. "전통적인 오래된 방식으로 길을 찾아야 할 것 같아."

코너와 브리는 지나가는 사람을 멈춰 세우려 애썼지만 이곳 관광객과 주민들은 대꾸도 하지 않고 쌩쌩 지나갈 뿐이었다. 사람들이 너무나도 많은 나머지 빨간 망토는 앞이 제대로 보이지 않아 바닥에 앉아 있는 노숙자 한 명을 밟을 뻔했다.

"이봐요, 여왕 폐하!" 노숙자가 말했다. "조심해서 다녀요."

노숙자는 꾀죄죄했고 잡역부들이 입는 옷에 더러운 갈색 코트를 걸치고 있었다. 여왕 폐하라고 부른 건 비꼬는 말이었지만 빨간 망토는 알아듣지 못하고 노숙자에게 미소를 지었다. 그리고 마치 강아지 대하듯 머리를 톡톡 두드렸다.

"오, 신의 가호가 있길 바라요." 빨간 망토가 말했다. "나를 알아봐 줘서 고마워요. 하지만 이 세계에서는 나를 정식 칭호로 부르지 않아도 돼요."

"그 사람은 지금 당신을 비꼰 거예요." 브리가 말했다. "이곳 또 다른 세상에서는 보통 야회복에 왕관을 쓰고 길거리를 걸어다니지 않거든요."

그 노숙자는 이 거리에서 어딘가로 바쁘게 걸음을 옮기지 않는 유일한 사람이었다. 그래서 코너는 도서관 가는 길을 노숙자에게 묻는 게 좋겠다고 생각했다.

"실례합니다." 코너가 말했다. "뉴욕 공립 도서관 가는 길 좀 알려 주시겠어요?"

"물론 알려 줄 수 있지." 노숙자가 말했다. "대신 1달러만 줄래?"

코너는 어쩔 수 없다는 듯 어깨를 으쓱하고는 1달러를 건넸다. 노숙자는 진짜 지폐인지 알아보기 위해 햇빛이 비치는 방향으로 돈을 비춰 보았다.

"이 거리에서 북쪽으로 여섯 블록 걸어간 다음 왼쪽으로 돌아. 그러면 찾기 쉬울 거야." 노숙자가 말했다. "하지만 어젯밤에 일어난 사건 때문에 도서관 가까이 갈 수 있을지는 모르겠다."

"가스 누출 사고 말씀이신가요?" 브리가 물었다.

"가스 누출 사고? 경찰들이 그렇게 둘러대던가?"

노숙자는 코웃음을 치더니 못마땅한 표정으로 고개를 절레절레 흔들었다. "항상 그렇지. 진실을 가리고 사람들을 통제하려고만 하는군. 흠, 하지만 나를 통제할 수는 없을 거야! 나는 어젯밤 도서관 앞에 있었고 실제로 무슨 일이 일어났는지 두 눈으로 똑똑히 봤어."

그 말을 듣고 코너와 동료들은 반달 모양으로 노숙자를 빙 둘러쌌다. 그러자 노숙자는 조금 긴장하는 듯했다.

"뭘 봤는지 말씀해 주시겠어요?" 코너가 부탁했다. "저희는 진짜로 어떤 일이 벌어졌는지 알고 싶어요."

"물론 말해 줄 수 있지. 하지만 그건 10달러야." 노숙자가 말했다.

"10달러라고요?" 코너가 다시 물었다. "길을 알려주는 건 1달러였잖아요."

"잘 들으렴, 애야. 내가 비록 이렇게 길거리에 나앉긴 했어도 사업 감각은 있단다. 너에게 필요한 걸 내가 갖고 있다면 그만한 돈을 지불해야지."

코너는 어이없다는 듯 눈을 위로 굴리고는 노숙자에게 10달러를 건넸다. 노숙자는 지폐가 진짜인지 검사한 다음 품 안에 집어넣고는 이야기를 시작했다.

"어제 자정 무렵이었어. 나는 도서관 옆에서 잠을 자고 있었고." 노숙자가 말했다. "거기 분수대 옆 벤치가 내가 뉴욕에서 가장 즐겨 잠을 청하는 장소거든. 어쨌든 거기서 나는 월드 시리즈 야구 경기에 선수로 참가하는 꿈을 꾸고 있었지. 그런데 갑자기 경찰차 사이렌 소리가 나는 바람에 깜짝 놀라 잠에서 깼어. 나는 도서관 경비가 나를 쫓아내려고 경찰을 부른 줄 알고 얼른 덤불 뒤로 숨었지. 그런데 그때 한 젊은 여자가 마치 유령처럼 둥둥 뜬 채로 도서관에서 나오는 거야! 그 여자가 양손을 번쩍 드니까 쾅 하고 사자상 양쪽에 벼락이 떨어졌어! 당연히 그 광경을 본 나는 여인숙에 몰래 들어온 쥐처럼 급히 달아났지. 솔직히 이 도시에서 마법을 목격한 게 이번이 처음은 아니거든. 하지만 이봐, 누가 나 같은 부랑자의 말을 믿겠어?"

코너는 심장이 거세게 뛰는 바람에 몸 이곳저곳에서 쿵쾅대는 박동이 느껴질 정도였다. 코너는 몸을 수그려 노숙자의 눈을 똑바로 바라보았다.

"도서관에서 둥둥 떠올랐다는 그 젊은 여자 어떻게 생겼어요?" 코너가 물었다.

"얼굴이 정말 창백했어." 노숙자가 말했다. "밝은 푸른색 눈동자에 붉은빛이 도는 금발이었고 흰 드레스 차림이었지. 가만있자, 그리고 보니 생김새가 너랑 꽤 닮았구나."

"알렉스야." 코너가 숨을 헉 하고 들이마셨다. "우리 생각이 틀리지 않았어. 알렉스가 여기 있어! 이 도서관에 있다고!"

코너는 어떻게 하자는 말도 없이 전속력으로 5번로를 향해 달리기 시작했다. 동료들이 그 뒤를 따랐고 코너와 함께 인도에 북적이는 사람들 사이를 비집고 뛰어갔다. 하지만 38번가에 바리케이드가 설치되어 있는 바람에 더는 앞으로 나아갈 수 없었다.

바리케이드가 설치되어 있는 모습은 꽤 장관이었다. 행인이나 차량이 진입하지 못하도록 열 대쯤 되는 경찰차가 도로 한복판을 가로질러 주차되어 있었다. 그 너머로 사람들이 피신한 구역 여기저기에 수십 대도 넘는 경찰차가 서 있었다. 코너가 바리케이드를 몰래 넘으려고 했지만 한 경찰관이 막아 세웠다.

"이봐 이봐, 잠깐." 경찰관이 말했다. "어디 불이라도 났니?"

"제발 지나가게 해 주세요." 코너가 말했다. "긴급 상황이에요."

"미안하지만 아무도 여길 넘어갈 수 없단다." 경찰관이 말했다. "도서관에서 가스가 심하게 노출돼서 주민들도 다 대피시켰어. 여기는 안전하지 않아."

"알아요, 사람들에게 그렇게 둘러대고 있겠죠. 하지만 제 쌍둥이가 도서관 안에 있어요! 누가 해치기 전에 그 애한테 가야만 해요!"

"젊은 친구, 도서관에 있던 사람들은 다 대피했어." 경찰관이 말했다. "네 쌍둥이가 도서관 어디에 있었든 지금은 안전한 장소로 옮겨졌을 거야. 약속하마."

"아니에요, 제 말을 이해하지 못하는군요!" 코너가 소리쳤다. "이 사태를 만든 원인이 그 애라고요! 저는 여기를 넘어가서 그 애를 도와야 해요!"

코너는 자동조종장치가 달린 것처럼 경찰관을 떠밀고 줄지어 선 경찰차 사이를 비집고 들어가 도서관 쪽으로 달렸다. 코너는 자기가 무슨 일을 하고 있는지 깨닫지도 못했다. 하지만 불행히도 코너가 바리케이드를 절반도 못 지났을 무렵 또 다른 경찰관이 달려들었다. 코너는 온 힘을 다해 경찰관의 손아귀에서 벗어났다. 어떻게든 도서관으로 들어가겠다고 단단히 결심했기 때문이다. 하지만 코너가 더 이상 앞으로 나아가지 못하게 두 명의 경찰관이 더 달라붙었다. 경찰은 코너에게 수갑을 채웠고 가장 가까운 경찰차 뒷좌석에 던져 넣었다.

"저를 보내 주세요!" 코너가 애원했다. "지금 당장 제 쌍둥이를 찾지 못하면 온 세계가 위험에 빠질지도 몰라요!"

"너 제정신이 아니구나, 얘야." 경찰이 이렇게 말하고는 경찰차 문을 쾅 닫았다. "그 안에서 머리를 좀 식히도록 해!"

모든 일이 너무 순식간에 일어났기 때문에 코너의 친구들은 어떻게 해야 할지 몰랐다. 경찰관들 수가 훨씬 많았기 때문이다. 지금 코너를 구하려고 나섰다가는 모두 다 체포되고 말 것이다. 코너는 동료들이 무력하게 인도에 서서 입 모양으로 '미안해'라고 말하는 모습을 창문 밖으로 망연자실 내다보고만 있었다. 이제 경찰차 뒷좌석에 붙잡혀 있는 이상 알렉스를 찾을 가능성은 점점 더 희박해졌다. 알렉스를 구하겠다고 충동적으로 움직였다가는 엄청난 대가가 따를 게 분명했다.

그때 갑자기 땅이 우르릉 흔들리기 시작했다. 근처에 있던 모든 사람들이 지진이 아닐까 걱정했지만 땅의 흔들림은 자동차 엔진 소리와 함께 이어졌다. 코너와 동료들, 경찰관들 전부가 38번가 너머를 쳐다보았고, 곧 베이지색 군대 차량이 길게 줄지어 다가오는 모습이 보였다. 경찰은 군대 차량이 바리케이드를 통과하도록 했고, 차량은 놀랄 만큼 똑바르게 열을 맞춰 나란히 주차했다. 그러고는 수십 명의 미국 해병대들이 차량에서 내렸다. 군인들은 무장한 채 모두 무기를 장전하고 있었다.

회색 머리칼에 어깨가 넓은 나이 든 남자가 첫 번째 차량에서 나오자 모든 군인들이 그 뒤에 나란히 줄을 맞춰 섰다. 군인들과 달리 나이 든 남자는 훈장으로 장식한 초록색 정장 차림의 군복을 입고 있었다. 남자는 짙은 선글라스를 끼고 시가를 피웠다. 그러고는 마치 전쟁터 한복판에 들어온 것처럼 근처를 찬찬히 훑어본 다음 심각한 표정으로 경찰들을 쳐다보았다.

"힐리 경찰국장이 누구인가요?" 남자가 물었다.

그러자 감청색 양복을 입은 나이 지긋한 흑인 남자가 경찰 무리 사이에서 한 걸음 앞으로 나왔다.

"윌슨 장군님이시군요." 경찰국장이 말했다. "이렇게 와 주셔서 감사합니다."

힐리 경찰국장과 윌슨 장군은 코너가 갇힌 경찰차와 몇 미터 떨어지지 않은 곳에서 서로 악수를 했다. 다행히 창문이 살짝 열려 있었기 때문에 코너는 두 사람이 나누는 대화를 전부 들을 수 있었다. 코너는 자기가 엿듣고 있다는 사실을 들키지 않기 위해 뒷좌석에서 몸을 한껏 수그렸다.

"경찰국장님, 지금 이 도시에서 대체 무슨 일이 벌어지고 있는지 말씀해 주시겠습니까?" 윌슨 장군이 말했다. "대체 무슨 일이기에 대통령님께서 군대까지 투입하기로 결정하신 거죠?"

"확실한 대답을 드릴 수 있으면 좋겠지만, 저희도 아직 진상 파악 중입니다." 힐리 경찰국장이 대답했다. "짧게 간추려 말하자면, 도서관이 공격받고 있습니다. 제 부하인 경찰관 두 명이 오늘 아침 일찍 구조 요청을 받고 출동했더니 불가사의한 능력을 발휘하는 젊은 여성이 한 명 있었다고 합니다. 어떻게 했는지는 모르지만 그 여성은 벼락을 떨어 뜨렸고, 도서관의 사자상을 살아 움직이게 했답니다. 사자상은 지금 도서관 앞을 지키면서 안에 들어가려는 사람은 누구든지 공격하고 있습니다. 그래서 저희는 사진으로 증거를 수집한 다음 대통령이 계시는 백악관에 보고했죠."

하지만 놀랍게도 코너의 예상과는 달리 윌슨 장군은 경찰국장이 상황을 보고하는 동안 어떤 질문도 하지 않았다.

"그럼 그 젊은 여성은 지금 어디 있죠?" 장군이 물었다.

"저희가 파악한 바에 따르면 아직 도서관 안에 있습니다." 경찰국장이 대답했다. "그 안에서 뭘 하고 있는지는 아무것도 짐작할 수 없지만요."

윌슨 장군은 시가를 길게 들이마신 다음 천천히 연기를 내뿜으며 보고받은 내용을 곰곰이 곱씹었다. 잠시 뒤 윌슨 장군은 휙 뒤로 돌더니 늘어선 군인들에게 말했다.

"좋다, 여러분. 이제 우리가 나설 시간이다." 장군이 명령했다. "도서관을 둘러싼 이 바리케이드를 동서남북 방향으로 여덟 블록 더 길게 연장하라. 그리고 지금 당장 맨해튼 상공을 비행 금지 구역으로 지정하라고 국방부에 연락하라. 언론에서 눈치 채지 못하도록 말이야. 또 도서관을 둘러싼 건물 지붕에 저격수들을 배치하도록. 그런 다음 도서관 계단에 자리 잡고 사자상에 사격을 가해 밖으로 끌어낸다. 그리고 도서관 안으로 들어가 젊은 여성을 찾도록 하라."

경찰국장은 장군의 말을 듣고 소스라치게 놀랐다. "장군님, 사자상에 총을 쏘면 안 됩니다! 사자상은 이곳의 명물이라고요!"

그러자 윌슨 장군은 선글라스를 벗고 맨눈으로 경찰국장과 눈을 맞추었다.

"지금까지 수고해 주셔서 감사합니다, 국장님. 하지만 국장님 관할의 작은 뒷마당에서 벌어진 소동은 이제 국가 안보에 중대한 영향을 끼치게 되었습니다." 장군이 말했다. "이 도시가 무사하도록 어떤 조치를 취하고 또 취하지 않을 것인지는 앞으로 제가 결정할 것입니다. 여기에 불만이 있다면 당신을 당장 저 바리케이드 바깥으로 내쫓겠습니다. 당신이 '나는 뉴욕을 사랑해요'라고 말하는 시간보다 더 빨리 말이죠."

경찰국장은 더 이상 따지지 못했다. 그러자 장군은 부하 군인들에게 끄덕 하고 고갯짓을 했고, 군인들은 마치 명령에 따르는 바퀴벌레들처럼 빠르게 흩어졌다. 장군은 자기 차량에 타더니 5번로를 따라 도서관이 보다 가까이 보이는 곳으로 갔다. 경찰국장과 부하 경찰들이 군인들의 차량이 떠나는 모습을 지켜보는 동안, 잭이 살금살금 바리케이드를 지나 코너가 있는 경찰차 뒷문을 살짝 열었다.

"서둘러!" 잭이 속삭였다. "경찰들이 다른 곳에 정신 팔려 있을 때에서 나와."

코너가 돌아오자 일행은 다 같이 5번로를 따라 달리다가 눈에 띄는 첫 번째 골목으로 휙 들어가 숨었다. 잭은 도끼를 휙 휘둘러 코너가 차고 있던 수갑을 끊었다. 코너는 씩씩거리며 골목 여기저기를 걷다가 괜히 쓰레기통을 발로 걷어찼다.

"문제를 해결하기가 점점 어려워지고 있어!" 코너가 투덜거렸다.

"그래도 알렉스가 어디 있는지는 알아냈잖니." 골디락스가 위로했다. "그것만으로도 우리 상황은 전보다 나아진 거야."

"알렉스가 있는 곳으로 가지 못하는 건 마찬가지잖아요." 코너가 말했다. "그 군인들은 알렉스가 마녀의 손아귀에 통제되고 있는 건 신경도 쓰지 않을 거예요. 알렉스가 위협적이라고 느끼는 순간 총으로 쏴서 죽일 테죠. 그러기 전에 알렉스가 있는 장소로 가야 하는데, 어떻게 해야 할지 모르겠어요. 미안해요, 잭. 우리가 뉴욕 경찰과 미국 해병대, 마법에 걸린 사자상 앞을 몰래 지나가는 건 아무리 상상력과 긍정적인 생각을 총동원해도 역부족이에요!"

브리와 잭, 골디락스, 빨간 망토는 그렇지 않다며 코너를 설득하거나 위로할 수조차 없었다. 말없이 서성거리며 어떤 좋은 방법이 있을지 함께 곰곰이 머리를 맞댈 뿐이었다. 그때 헛기침 소리가 들리는 바람에 곰곰이 생각에 빠져 있던 일행은 주변을 둘러보았다. 코너의 일행이 아닌 다른 사람이었다. 살펴보니 일행과 몇 미터 떨어진 곳에 아까 만났던 노숙자가 서 있었다.

"끼어들어서 미안해." 노숙자가 말했다. "당신들이 저기서 경찰들과 실랑이 벌이는 모습을 봤어. 경찰들은 당신들 말을 들어주지 않을 거야. 하지만 여러분들이 바란다면 내가 도움을 줄 수 있을 것 같아서."

"미안해요, 아저씨. 이제 돈이 없어요." 코너가 말했다.

"이번에는 공짜로 알려주마." 노숙자가 말했다. "내가 그렇게 대단해 보이진 않겠지만, 어떻게 하면 네 쌍둥이에게 갈 수 있는지는 알고 있어."

"죄송하지만, 그런 방법이 있을 리가 없잖아요." 코너가 말했다. "우리는 공립 도서관 안으로 들어가야 하는데 군인들과 사람을 공격하는 사자상이 모든 출입구를 지키고 있다고요!"

그러자 노숙자의 얼굴에 은밀한 미소가 퍼졌다.

"그건 아니란다." 노숙자가 말했다. "그들이 지키고 있지 않은 출입구가 하나 있지."

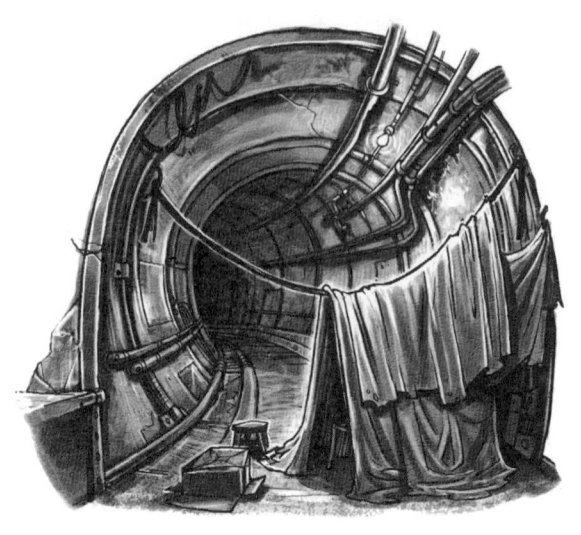

8장

캘빈 쿨리지 급행열차

윌슨 장군의 명령에 따라 군인들은 도서관에서 반경 열 블록 안에 있는 모든 건물의 사람들을 대피시켰다. 군인들이 한 건물에서 다른 건물로 옮겨 다니면서 집이나 회사에 있던 사람들을 내보내는 모습은 언젠가 코너가 봤던 재난 영화를 떠오르게 했다. 뉴욕 시민들의 표정을 보니 모두가 이 사건이 단순한 가스 누출 사고가 아니라는 사실을 아는 듯했다. 사람들은 맨해튼 미드타운에서 그것보다 훨씬 나쁜 일이 벌어지고 있다는 사실을 눈치챘다.

노숙자 아저씨는 군인들의 눈에 띄지 않게 코너와 동료들을 골목에서 골목으로 조심스럽게 안내했다. 발을 한 걸음 한 걸음 내디딜 때마다 코너는 이 아저씨를 따라가는 게 과연 올바른 결정인지 고민했다.

어쩌면 제정신이 아닌 사람의 말을 믿고 따라가는 것인지도 몰랐다.

"우리 어디로 가는 거예요?" 코너가 물었다.

"쉬잇!" 노숙자가 입술에 손가락을 대며 소곤소곤 말했다. "우리가 몰래 들어간다는 사실이 발각되면 네 쌍둥이가 있는 곳까지 갈 수 없어."

"죄송해요. 하지만 우리 어디로 가는 거죠?" 코너가 작은 소리로 속삭이며 다시 물었다.

"40번가와 브로드웨이 교차로 모퉁이에 있는 지하철 출입구로 가는 중이야."

"지하철을 타려는 거예요?" 코너가 물었다. "하지만 지하철로는 도서관 안까지 들어갈 수 없잖아요!"

"목적지까지 가려고 지하철을 타지는 않을 거야." 노숙자 아저씨가 말했다.

노숙자는 거리를 가로질러 뛰어가 쓰레기 더미 뒤에 몸을 숨겼고, 나머지 일행도 똑같이 따라 했다. 일행은 한 건물에서 다른 건물로 아주 천천히 움직였고 지켜보는 군인이 없을 때만 거리를 가로질렀다. 이들이 40번가와 브로드웨이의 교차로에 도착했을 즈음에는 맨해튼 미드타운은 사람들이 다 빠져나가 유령도시나 다름 없었고 해가 져서 어스름이 깔리기 시작했다. 큰 배달 트럭 뒤에 잠깐 몸을 웅크리고 숨었던 노숙자는 교차로의 남서쪽 모퉁이까지 내처 달렸다. 그러고는 지하철역으로 이어지는 가파른 계단을 서둘러 내려갔다. 잠시 뒤 노숙자는 머리를 살짝 내밀고는 일행에게 휘파람을 불어 신호를 보냈다.

"역이 비어 있어!" 노숙자가 일행을 불렀다. "지금은 안전하니 어서 서둘러!"

코너와 동료들은 노숙자 아저씨를 따라 지하철역으로 내려갔다. 지하철역 안에 이들의 발소리가 울려 퍼졌다. 노숙자가 요금을 지불하는 회전문을 뛰어넘자 다른 일행도 똑같이 따라 했다. 하지만 빨간 망토는 몸이 굼뜬 편이라 야회복 자락이 회전문에 걸리고 말았다. 골디락스가 옷자락을 칼로 잘라낸 다음에야 빨간 망토는 다시 움직일 수 있었다.

"자, 이제 다들 나를 따라 승강장 끝까지 가면 돼." 노숙자가 말했다.

"잠깐만요!" 코너가 외쳤다. "우리가 어디로 가고 있는지 정확하게 말해 주지 않으면 따라가지 않겠어요."

"얘야, 일단 가 보면 안다고 약속했잖니. 나만 믿고 따라오면 돼."

노숙자 아저씨는 길게 펼쳐진 승강장 끝까지 걸어가더니 지하철 선로로 뛰어내렸다.

"저 사람 장난치는 것 같아." 브리가 말했다. "저 아저씨를 따라 저기까지 내려가진 않을 거지, 그렇지?"

"하지만 달리 방법이 없잖아." 코너가 말했다.

"그렇게 가만히 있지 말고 어서 내려와. 거의 다 왔어!" 노숙자 아저씨가 외쳤다.

코너와 브리, 잭이 먼저 승강장 아래로 뛰어내렸고 골디락스와 히어로가 내려오도록 손을 뻗었다. 하지만 그 손을 먼저 덥석 잡은 사람은 빨간 망토였다. 노숙자 아저씨는 코트 안쪽에서 손전등을 꺼낸 다음 지하철 터널을 전속력으로 달렸다.

"서둘러야 해, 보통 10분마다 지하철이 지나가니까 말이야." 노숙자 아저씨가 경고했다.

언제든 지하철이 자기들을 덮칠 수 있다는 사실에 등골이 오싹해진 코너와 동료들은 젖 먹던 힘까지 다해 노숙자 아저씨를 따라 달렸다. 가면 갈수록 터널 안은 점점 더 어두워졌다. 얼마 지나지 않아 노숙자 아저씨의 흔들리는 손전등만이 일행이 지하철 선로에서 넘어지지 않도록 안내하는 불빛이 되어 주었다. 그때 노숙자 아저씨가 잽싸게 왼쪽으로 돌더니 시야에서 사라졌다. 일행이 노숙자 아저씨를 따라가 보니 또 다른 터널 입구가 보였다. 모르는 사람은 결코 발견하지 못할 만한 곳이었다. 지금까지 지나왔던 터널과는 달리 새로운 터널에는 케이블도 보이지 않고 바닥에는 선로도 깔려 있지 않았다.

"캘빈 쿨리지 급행열차에 온 걸 환영합니다!" 노숙자 아저씨가 말했다. "여기는 급행열차 선로로 공사가 끝난 곳이지."

"그게 뭐죠?" 코너가 물었다.

노숙자 아저씨가 낄낄거리며 웃고는 설명했다. "믿기지 않겠지만 이곳이 존재한다는 걸 아는 사람은 극히 드물단다. 1928년에 스태튼섬에서 센트럴파크까지 가는 새로운 운송 시스템을 만드는 공사가 시작됐지. 하지만 이듬해 대공황이 닥치자 공사가 중단되었어. 그리고 곧 제2차 세계대전이 벌어져 철을 쓸 곳이 많아지는 바람에 그 계획은 완전히 폐기되고 말았지. 전쟁이 끝나고 나서는 이 캘빈 쿨리지 급행열차가 사람들 기억 속에서 완전히 사라졌고 말이야."

"여기가 어디인지는 몰라도 냄새가 지독하네요." 빨간 망토가 말했다. 그러고는 가방에서 페브리즈 탈취제를 꺼내서 주위에 뿌려 댔다.

"안됐지만 이 터널은 하수구 바로 옆에 지어졌기 때문에 이 냄새를 견뎌야 할 거야."

"그런데 왜 우리를 이 버려진 지하철 터널로 데려온 거죠?" 코너가 물었다.

"왜냐하면, 캘빈 쿨리지 급행열차가 지나가기로 한 여러 역 가운데 브라이언트 공원 역이 있기 때문이지." 노숙자가 설명했다. "뉴욕시에서는 공원의 시야를 확보하기 위해 역을 뉴욕 공립 도서관 지하에 만들 예정이었어."

코너는 기쁨에 얼굴이 환하게 빛났다. 어두운 터널인데도 밝아진 표정이 보일 정도였다. 코너는 노숙자 아저씨의 얘기에 너무 좋았지만 도저히 믿기지가 않았다.

"그러니까 이 터널을 통해 도서관 안으로 들어갈 수 있다는 거죠?" 코너가 물었다.

"아까 말했지만 경찰과 경비가 모든 출입구를 지키고 있는 건 아냐." 노숙자 아저씨가 되풀이해서 말했다. "내가 왜 어디로 가는지 말을 안 했는지 이제 알겠니? 네 눈으로 직접 보기 전까지는 나 같은 부랑자의 말은 믿지 않을 테니까."

코너가 차마 부끄러워 그 사실을 인정하지는 못했지만 노숙자 아저씨의 말이 옳았다. 만약 아저씨를 조금만 더 의심했더라면 경찰한테 잡혀 북적이는 맨해튼 미드타운 사람들 사이에 있었을 것이다.

"아저씨가 제대로 안내해 주셨다는 사실을 이제 확실히 알았어요." 코너가 말했다. "저는 코너 베일리이고 이쪽은 제 친구 브리, 빨간 망토, 잭, 골디락스, 그리고 잭과 골디락스의 아들 히어로예요. 아저씨 이름은 뭔가요?"

"내 이름은 러스티란다. 러스티 배거새리언." 노숙자 아저씨가 처음 만나 인사하듯 고개를 까닥하며 말했다.

"여기까지 데려와 주셔서 무척 감사해요, 러스티 아저씨." 코너가 말했다. "이런 터널이 있다는 사실을 어떻게 아셨어요?"

"도시의 길거리를 헤매며 돌아다니다 보면 알게 되는 것들이 의외로 많단다." 러스티가 말했다.

"그렇게 줄곧 가난했던 건가요?" 빨간 망토가 물었다.

"빨간 망토, 무례하게 굴지 마!" 골디락스가 꾸짖었다.

"괜찮아요. 늘 들어 왔던 말이니까요." 러스티가 말했다. "노숙자가 되어 길거리에 나앉은 건 비교적 최근이었어요. 저는 브루클린에 살면서 센트럴파크에 있는 벨비디어 성에서 관리인으로 일했죠. 그러다가 몇 달 전에 해고당하고 모든 걸 잃었어요."

"왜 해고당했어요?" 잭이 물었다.

"음, 솔직히 말하자면 뭔가 마법을 목격했고 그게 내 인생을 완전히 바꿔놨죠."

"해밀턴이라고 적힌 간판 말인가요?" 빨간 망토가 물었다. "해밀턴이란 사람의 서명이 이 도시 곳곳에서 보이던데. 그 사람이 셰이키프루트의 햄헤드 같은 인물이라면 한 번쯤 만나보고 싶어요."

'해밀턴'은 인기 뮤지컬 광고 간판이었고 '햄헤드'는 셰익스피어의 작품 속 등장인물인 '햄릿'을 잘못 말한 것이었다. 일행은 어이가 없다는 듯 눈동자를 위로 뒤집고 빨간 망토의 말을 무시했다.

"아까 아저씨가 도서관에서 일어난 일에 대해 말씀하실 때, 이 도시에서 마법을 목격한 게 처음이 아니라고 하셨잖아요." 브리가 말했다. "그때는 아저씨의 말을 진지하게 귀담아듣지 않고 흘려들었지만 지금은 무척 관심이 가네요. 무슨 일을 겪으셨는지 자세히 듣고 싶어요."

러스티는 깊게 한숨을 쉬고는 말문을 열었다. 쉽게 얘기를 꺼낼 만한 주제가 아닌 게 분명했다.

"몇 달 전의 일이었지. 나는 벨비디어 성에서 야간 순찰을 도는 일을 했어." 러스티가 말했다. "한참 모서리 연결 부위를 청소하는 중이었는데 알 수 없는 곳에서 갑자기 이상한 진동이 느껴졌어. 나는 약한 지진이 난 거라고 추측하고 그냥 하던 일을 계속했지. 하지만 집에 돌아와서 다음 날 아침 뉴스를 보니 지진이 일어났다는 이야기 같은 건 전혀 없었어. 나는 내가 착각한 거라고 생각하고 그냥 넘겼어. 하지만 그로부터 몇 주 뒤에 다시 진동이 느껴졌던 거야. 이 두 번째 진동은 처음보다 훨씬 강했고 오래 지속됐어. 나는 단층선이 활발해져 지진이 난 것 같다고 경찰에 신고했지만, 경찰은 그저 성 아래를 달리는 지하철 때문이라고 했지. 그렇지만 내가 집에 와서 지도를 살펴보니 센트럴파크에서 내가 일하던 곳 아래로는 지하철이 지나가지 않았어. 그렇게 몇 주 동안 잠잠하다가 다시 진동을 느꼈지. 이 세 번째 진동은 성이 흔들리고 창문이 깨지고 바닥에 금이 갈 정도로 강력했어. 나는 청소를 하고 있던 발코니에서 떨어질 뻔했지. 그건 결코 지진이나 지하철 때문에 생긴 떨림이 아니었어. 그보다는 보이지 않는 거대한 알에서 무언가가 나오는 듯했지. 그리고 눈을 들자 그게 보였어."

"뭘 봤나요?" 코너가 물었다.

"최대한 있는 그대로 묘사하자면, 마치 또 다른 세상으로 통하는 창문 같았어." 러스티가 말했다. "아주 잠깐 초록색 나무로 빽빽한 드넓은 숲과 별이 환하게 반짝이는 하늘이 보였지. 마치 동화책에서 튀어나온 광경 같았다니까. 북적이는 도시 뉴욕 한복판과는 딴판이었지. 그리고 그 창문은 갑자기 나타났던 것처럼 갑자기 사라졌어."

코너와 브리는 심각한 표정을 주고받았다. 확실한 증거는 없지만 러스티가 무엇을 목격했는지는 분명했다. 두 세계를 연결하는 다리가 생겨나기 시작한 것이다.

"나는 경찰서에 가서 내가 목격한 것에 대해 진술서를 작성했지. 하지만 아무도 내 말을 믿지 않았어. 게다가 그 진술서는 성의 관리 책임자에게 보내졌고 나는 그 자리에서 바로 해고됐지. 사람들은 내가 성을 난장판으로 만들어 놓고 그 잘못을 덮기 위해 말도 안 되는 얘기를 지어냈다고 생각했어. 그리고 경찰서에서 내가 썼던 진술서 내용이 다른 사람들에게까지 쫙 퍼지는 바람에 그 이후로는 아무도 나를 고용하지 않게 되었지."

"끔찍한 일이네요!" 브리가 말했다. "그 이후 창문이 다시 나타났나요?"

"그 이후로는 한 번도 보지 못했지만 도시 곳곳에서 그와 비슷한 것을 목격한 사람들이 있더라고." 러스티가 대답했다.

"누가, 어디서요?" 코너가 물었다.

"그 사람들에게 직접 물어보렴." 러스티가 말했다. "날 따라와."

일행은 캘빈 쿨리지 급행열차 터널을 계속해서 걸어갔다. 한참을 걸으니 앞쪽에 깜박이는 불빛이 눈에 들어왔다. 자세히 보니 그곳은 수많은 노숙자들이 모여 있는 넓은 지하 캠핑장이었다. 터널 안은 텐트와 침낭, 그리고 판지와 신문으로 얼기설기 만든 침구들로 가득했다. 노숙자들은 삼삼오오 모여 캠핑장 안을 가득 채우고 있었다. 몇몇은 불길이 타오르는 쓰레기통 옆에 서서 몸을 데우고 있었고, 몇몇은 악기를 연주하고 있었으며, 몇몇은 한 남자가 쥐 가족에게 자기를 쫓아오라고 가르치는 모습을 구경하고 있었다.

러스티는 코너와 동료들을 캠핑장 모퉁이에 앉아 있는 무리 속으로 데리고 갔다. 파란색 정장을 입은 나이 지긋한 남자와 모피 코트를 입은 여자, 양키 야구 모자를 쓴 여자, '금지된 책을 읽어라'라고 적힌 티셔츠를 입고 머리에 은박지를 두른 여자가 있는 무리였다. 그들은 라디오를 둘러싸고 드문드문 이어지는 방송을 듣고 있었다.

"러스티구만, 어서 오게!" 남자가 말했다. "미드타운에서 사람들을 대피시켰다는 소식 들었나? 우리도 쫓겨날까 봐 걱정했지."

"코너와 동료 여러분, 지하에서 함께 지내는 내 가족들을 소개하죠." 러스티가 말했다. "제리 오즈월드, 애넷 크랩트리, 주디 할로, 록시 골드버그랍니다."

"신문사에서 나온 분들이 아니었으면 좋겠네요!" 주디가 이렇게 말하며 얼굴을 모피 코트 목깃 안으로 숨겼다. "'지금 그 사람들은 어디에' 같은 무자비한 기획 기사를 쓰기 위해 취재하러 온 거라면 말이에요. 부끄러워서 죽을 것 같아!"

"내가 100번째로 말하는 거지만 당신은 유명인이 아냐, 주디!" 애넷이 말했다.

"감히 그런 말을 하다니!" 주디가 외쳤다. "난 브로드웨이 뮤지컬에서 공연했던 사람이라고!"

"그건 브로드웨이 뮤지컬도 아니고, 게다가 1980년대에 나왔던 작품이잖아." 록시가 지적했다. "지금은 아무도 당신을 찾지 않아."

"이 사람들은 기자가 아니야. 공립 도서관 안에 들어가려고 여기 왔어." 러스티가 설명했다. "당신들이 전에 봤던 것에 대한 이야기를 듣고 싶어 해서 지나가는 김에 데리고 왔어."

친구들은 마치 러스티가 방금 심각한 비밀을 폭로하기라도 한 듯 몹시 당황스러워했다. 그러고는 듣는 사람이 아무도 없는지 확인하듯 터널 안을 둘러봤다.

"왜 자꾸 그 얘기를 들먹이는 거야?" 제리가 따져 물었다.

"그래봤자 다른 사람들이 그랬듯 우리를 조롱할 거라고." 주디가 말했다.

"이미 충분히 겪어 봤잖아." 애넷이 말했다.

러스티의 친구들이 일어서서 다른 곳으로 가려 했지만 너무 멀리 가기 전에 코너와 브리가 막아섰다.

"우리는 당신들을 모욕하려고 온 게 아니에요." 코너가 말했다. "여러분이 무엇을 봤는지, 또 그걸 어디서 목격했는지 알고 싶을 뿐이에요. 제발 부탁드립니다. 저희가 궁금해하는 많은 질문에 대한 답이 될 거예요."

"당신들은 더는 잃을 게 없을 것 같기도 하고요." 빨간 망토가 덧붙였다.

빨간 망토가 무례한 말을 했지만 노숙자들은 코너의 목소리에 진심이 담겼다는 걸 느꼈다. 이들은 어깨를 으쓱하면서 서로를 바라보았다.

"내가 플라자 호텔에서 방 정리와 청소하는 일을 할 때였지." 애넷이 말했다. "어느 날 나는 늦은 밤 프레지던셜 스위트룸을 정리하고 비품을 교체하고 있었어. 침대를 정돈하고 있는데 방이 흔들리기 시작했지. 모든 가구가 바닥에 나뒹굴었고 손님 물건이 여기저기 굴러다녔어. 그다음 순간 눈앞에 보인 건 공중에 떠오른 어느 숲의 풍경이었어. 그 광경은 거실에 몇 분 동안 둥둥 떠 있더니 사라졌지. 얼마 지나지 않아 손님들이 방에 돌아와서 자기 물건이 온통 바닥에 뒹굴고 있는 걸 보고는 내가 물건을 훔치려 했다고 비난했지. 그리고 호텔 지배인에게 나를 신고하고는 해고하라고 했어. 그 이후 손님 물건을 훔쳤다는 소문이 돌아 나를 채용하는 호텔이 없어서 여기 땅속에서 살게 되었어."

"나는 컴백을 코앞에 두고 그 숲을 목격했어." 주디가 말했다. "〈귀여움과 만족〉이라는 제목의 드라마에서 7번 간호사로 연기하게 된 참이었지. 나는 촬영장인 록펠러 센터의 분장실에 있었어. 그런데 갑자기 엄청난 진동이 느껴졌지. 그러더니 허공에서 숲 풍경이 나타났고, 나는 비명을 지르며 도움을 요청했어. 하지만 연출자가 무슨 일인지 확인하려고 달려왔을 즈음에는 그 숲은 사라지고 없었어. 사람들은 내가 미쳤다고 여겼고 내가 맡았던 역할을 대본에서 빼 버렸지. 나는 배우 조합에서 웃음거리로 전락했고 그 이후로는 캐스팅이 되지 않아."

"나는 44번가에 자리한 국립 은행의 창구 직원이었어." 제리가 말했다. "나는 어느 날 밤늦게까지 일하다가 예금을 보관하려고 금고 안으로 들어갔지. 그때 갑자기 금고가 마구 흔들리기 시작했어. 무척 강하게 흔들리는 바람에 예금이 담긴 상자가 떨어져서 열렸고 돈이 바닥에 흩뿌려졌지. 그러는 바람에 경보 장치가 울렸고 얼마 지나지 않아 경찰이 도착했어. 경찰이 조금만 더 빨리 왔다면 그 숲을 직접 목격했을 텐데. 하지만 숲은 사라졌고 상사는 내가 부주의하다며 해고했어. 이후 다른 직업을 찾지 못했지. 나는 아내에게 어떤 일이 일어났는지 말했지만 아내는 내 말을 믿지 않고 심지어 집에서 내쫓았어."

이제 다들 록시 골드버그를 쳐다보며 록시의 사연을 걱정스러운 눈으로 기다렸다.

"왜 다들 나를 보는 거야? 나는 숲 같은 건 본 적이 없어. 내가 여기서 사는 건 세금을 내기 싫어서야."

코너는 노숙자들이 맞닥뜨렸던 현상에 공통점이 있다는 사실을 깨달았다. 코너는 노숙자들이 들려준 경험에 대해 곰곰이 생각하며 주변을 서성거렸다.

"여러분들이 그 숲의 풍경을 본 지는 얼마나 됐죠?" 코너가 물었다.

"넉 달 전이야." 러스티가 눈썹을 찡긋하며 대답했다. "사실 오늘로 딱 넉 달째가 되었지."

"정말 우연이네." 애넷이 말했다. "나는 딱 두 달 전에 봤어."

"나는 정확히 한 달 전이야." 주디가 말했다.

"나는 2주." 제리가 말했다.

"그 환영이 얼마나 오래 지속되었나요?" 코너가 물었다.

"내가 성에서 봤을 때는 겨우 몇 초였어." 러스티가 대답했다.

"꽤 빨리 사라졌지만 그래도 1분에서 2분 정도는 되었던 것 같아." 애넷이 말했다.

"적어도 15분은 이어졌어." 주디가 말했다.

"나는 약 45분 정도 지속되었던 것 같아." 제리가 말했다.

"흥미롭군요." 코너가 말했다. "그러니까 그 환영은 점점 더 빨리 나타나고, 매번 나타날 때마다 두 배는 길어지네요. 이 패턴이 계속된다면 이번에는 오늘 밤 나타날 테고 한 시간에서 두 시간 정도 지속될 거예요. 이제 그게 어디서 나타날지만 알면 돼요."

그때 브리는 머릿속에 아이디어 하나가 떠올랐고 숨을 헉 하고 들이마셨다. 그러는 바람에 옆에 있던 잭과 골디락스는 깜짝 놀랐다.

"제 생각에 그게 나타날 장소도 알 수 있을 것 같아요." 브리가 말했다.

브리는 터널을 둘러보다가 잠자고 있는 노숙자의 손에서 지도를 잡아챘다. 그러고는 터널 벽에 지도를 펼치고 잭과 골디락스에게 잡고 있으라고 부탁했다.

"오즈월드 씨, 당신이 다녔던 국립 은행이 어디에 있다고 했죠?" 브리가 물었다.

"5번로 44번가란다." 제리가 대답했다.

"그리고 주디, 록펠러 센터가 어디에 있죠?"

"48번가와 51번가 사이야." 주디가 대답했다.

"프라자 호텔 위치는요?"

"59번가 5번로란다." 애넷이 말했다.

"그리고 러스티 아저씨, 센트럴파크 안에는 도로가 없지만 벨비디어 성이 도로 옆이라면 주소가 어떻게 되죠?" 브리가 물었다.

"그거야 내가 알지." 러스티가 대답했다. "그 성은 공원을 가로지르는 79번가 바로 북쪽에 있어."

브리는 주머니에서 마커를 꺼내 방금 언급된 장소들을 전부 표시했다. 표시가 끝나자 브리는 한 걸음 뒤로 물러서 지도를 살폈다.

"제가 생각한 그대로군요." 브리가 말했다. "다리는 벨비디어 성이 있는 79번가에 맨 처음 나타났어요. 그다음 나타난 곳은 프라자 호텔이죠. 성에서 정확히 남쪽으로 스무 블록 떨어진 곳이에요. 그다음에 숲의 환영이 나타난 곳은 록펠러 센터. 프라자 호텔에서 정확히 남쪽으로 열 블록 떨어진 곳이죠. 그리고 마지막으로 44번가의 국립 은행에 나타났어요. 이곳은 록펠러 센터에서 남쪽으로 다섯 블록 떨어진 곳이에요. 다리는 뉴욕시를 거의 일직선으로 가로지르며 나타나는 중이고, 매번 나타날 때마다 바로 이전보다 거리가 절반씩 줄어들었어요."

"그러니까 모든 게 패턴 안에서 이루어지고 있구나!" 코너가 말했다. "그러면 다음 번 다리가 언제 어디서 나타날지 추적할 수 있겠어! 그 공식에 따르면 다리는 오늘 밤 44번가의 국립 은행에서 남쪽으로 두 블록 반 떨어진 곳에 나타날 거야."

골디락스는 침을 꿀꺽 삼켰다. "41번가와 42번가 사이에 뭐가 있는데?"

코너와 브리는 지도를 따라 손가락을 옮겼고 두 사람의 손가락은 같은 지점에서 멈췄다. 둘은 두려움에 찬 눈빛을 한참 주고받다가 일행을 향해 몸을 돌렸다.

"뉴욕 공립 도서관이에요." 코너와 브리가 동시에 입을 모아 외쳤다.

"그럼 그동안 우리가 수상쩍게 여겼던 모든 것을 확인할 수 있을 거예요." 브리가 말했다. "알렉스를 도서관에 데려간 게 누구인지는 몰라도, 분명 두 세상 사이의 다리에 대해 이미 알고 있는 사람일 거예요. 하지만 이번에 생긴 다리는 없어지지 않을 것 같아요. 그림의 자매들이 예측했듯이 이번이 다리가 생겨나는 마지막 날일 테니까요. 오늘 밤이 어쩌면 두 세계가 충돌하는 날일 거라고요!"

코너의 눈이 당혹스러움으로 가득 찼다. "러스티 아저씨, 우리를 도서관으로 안내해 주세요." 코너가 말했다. "지금 당장요."

9장

가장 무서운 악당

코너와 동료들은 캘빈 쿨리지 급행열차 터널을 따라 질주했다. 러스티는 버려진 지하철 선로를 따라 일행을 점점 더 깊은 곳으로 데려갔다. 러스티는 너무 급하게 달려 손전등을 똑바로 비추지는 못했지만, 어둠 속에서도 이곳 터널을 자기 손바닥처럼 훤히 꿰뚫고 있었다. 일행은 마침내 완공되지 못한 작은 지하철 승강장이 있는 공사 현장에 도착했다. 1920년대에 공사가 중단된 이후 사다리며 각종 도구, 페인트가 든 양동이 등이 그대로 방치되어 있었다.

"승강장 위 저기 화물 출입구 보이지?" 러스티가 천장의 동그란 문에 손전등을 비추며 말했다. "저기로 올라가면 도서관 지하에 도달할 수 있어."

"여기까지 안내해 줘서 고마워요, 러스티 아저씨." 코너가 말했다. "저희가 알렉스를 구한다면 전부 아저씨 덕분이에요. 뭔가 보답할 게 있었으면 좋겠네요."

"내가 도움이 되었다니, 이런 기분은 오랜만이구나." 러스티가 미소를 지으며 말했다. "그렇게 말해 준 것만으로도 충분해. 네 쌍둥이 남매를 꼭 찾으렴. 행운을 빈다, 얘야."

코너와 동료들은 러스티와 악수를 하며 작별 인사를 한 다음 공사가 끝나지 않은 승강장으로 기어 올라갔다. 잭이 사다리를 끄집어내 화물 출입구 바로 아래 가져다 놓았다. 잭은 사다리를 타고 올라가 출입구 문을 열려고 애썼지만 문은 꿈쩍도 하지 않았다.

"닫혀 있어!" 잭이 아래쪽에다 대고 소리쳤다.

"그 출입구는 거의 100년 만에 처음 열리는 거예요." 러스티가 외쳤다. "그러니 세게 힘줘서 밀어야 해요."

잭은 러스티의 충고를 받아들여 자기 등을 출입구에 대고 젖 먹던 힘까지 다해 밀었다. 그러자 요란스럽게 끼익 소리를 내며 문이 열렸고, 천장에서는 나무 조각이 떨어졌다. 출입구가 열리면서 도서관의 바닥 널과 그 위에 깔린 카펫에 커다란 구멍이 뚫렸다. 잭은 구멍을 통해 기어오른 다음, 다른 일행이 도서관 지하 바닥을 통해 올라오는 것을 도왔다.

일행들이 올라온 곳은 벽 색깔이 화려한 길쭉한 방이었다. 이 방에는 작은 책장이며 탁자와 의자, 축소 모형들이 가득했다. 그리고 고전 동화에 나오는 인물들이 그려진 그림이나 봉제 인형이 여기저기서 미소 짓고 있었다.

"오, 이런." 빨간 망토가 말했다. "이 도서관이 난쟁이들을 위한 곳인지는 몰랐네."

"여기는 어린이 센터예요." 브리가 말했다. "이곳 말고도 도서관이 더 있어요."

"도서관이 얼마나 큰 거야?" 골디락스가 물었다.

"약 6만 제곱미터예요." 브리가 대답했다. "총 네 개 층으로 이루어져 있고 40개가 넘는 방을 시민들에게 개방하고 있죠."

일행은 브리가 질문을 받자마자 그런 수치들을 곧장 얘기하는 것을 보고 깜짝 놀랐다.

"그걸 어떻게 다 아니?" 빨간 망토가 물었다.

"비행기에도 와이파이가 있으니까요." 브리가 어깨를 으쓱하며 말했다.

이 건물에 대한 정보가 유용한 것은 사실이었지만 코너는 도서관이 얼마나 큰지 듣자마자 배 속이 꼬이는 듯한 기분이 들었다. 알렉스를 데려간 사람이 누구건 숨겨 놓을 곳이 엄청나게 많은 셈이었으니 말이다.

"우리 흩어져서 알렉스를 찾을까?" 잭이 물었다.

"아뇨, 같이 다녀요." 코너가 말했다. "흩어져서 다니다가는 알렉스를 납치한 사람에게 한 사람씩 당하게 될지도 몰라요. 그런 장면을 공포영화에서 너무나 많이 봤거든요. 다 같이 한 층씩 올라가며 방 하나하나 뒤지다 보면 알렉스를 찾을 수 있을 거예요."

일행은 고개를 끄덕이고는 코너를 따라 어린이 센터를 빠져나왔다. 처음에는 알렉스가 어디 있는지 도저히 찾을 수 없을 것 같았지만 복도를 나서면서 이 문제는 곧 해결되었다. 도서관 벽과 바닥 전체에 두툼한 덩굴과 담쟁이가 뒤덮여 있었다. 코너와 일행이 옆을 지나면서 보니 이 식물은 화려하고 생기 있게 피어난 꽃들과 얽혀 있었다. 또 이국적인 느낌의 나비들이 꽃에서 꽃으로 날개를 퍼덕이며 날아다녔다. 알렉스가 공립 도서관인 이 명소에 마법을 걸어 정글 한복판의 오래된

사원처럼 만드는 데는 그렇게 오래 걸리지 않았을 것이다.

"이상하네." 잭이 눈앞의 광경을 바라보며 말했다. "동쪽 왕국을 마법사가 공격했을 때가 생각 나는군. 그때도 이런 식물이 왕국을 뒤덮었지."

"겉으로만 비슷해 보이는 거였으면 좋겠네요." 골디락스가 말했다.

일행은 서로 꼭 붙어서 도서관 지하를 이리저리 걸어 다니며 살폈다. 잭은 도끼를 꽉 잡고 골디락스는 칼을 뽑아 들었으며 빨간 망토는 페브리즈 통을 손에 꼭 쥔 채 일행을 따랐다. 일행의 눈이 서로 마주쳤을 즈음 도서관 지하에는 더는 살피지 않은 곳이 없었다.

지하를 다 수색하고 나서 일행은 돌계단을 천천히 올라 1층으로 갔다. 그리고 현관의 기둥 뒤와 아치 아래까지 샅샅이 살폈다. 일행은 기념품점 상품 진열대 사이사이와 교육 센터의 최신식 책상 아래쪽까지 전부 다 뒤졌지만 덩굴과 담쟁이 말고는 아무것도 발견하지 못했다.

일행은 그다음 층으로 올라가 탁 트인 실내를 돌아다니며 갤러리와 복도, 열람실을 전부 살폈다. 이곳을 다 조사한 일행은 계단을 통해 맨 위층으로 올라갔다. 여기에는 각종 초상화와 벽화, 나뭇가지 모양의 촛대, 석상이 있었지만 알렉스의 흔적은 어디에도 없었다. 이제 남은 방은 한 곳뿐이었다. 코너와 동료들은 방문 앞에 모여 섰고 깊이 숨을 들이마신 다음 안으로 들어섰다. 알렉스는 여기에 있는 게 분명했다.

이곳 로즈 열람실은 뉴욕 공립 도서관에서 가장 넓고 특색 있는 공간이었다. 코너와 브리도 여기 와 본 적은 처음이지만 들어오자마자 영화나 텔레비전에서 봤던 기억이 났다. 수십 개의 샹들리에가 천장 가득 걸려 있고, 폭이 넓은 책상이 두 줄로 늘어서 있었다. 높은 천장은 구름이 떠 있는 하늘을 그린 벽화로 장식되어 있었고 아름다운 나무 조각이 벽화 가장자리를 빙 둘러 있었다. 벽에는 아치 모양 창문과 2층 책장이 늘어서 있었다. 하지만 책장은 전부 비어 있었다. 꽂혀 있던 책들이 마법의 힘으로 마치 수많은 풍선들처럼 공중에 둥둥 떠 있었기 때문이다.

길쭉한 열람실의 저멀리 끄트머리에 있는 책상과 책상 사이 바닥에 알렉스가 잠들어 있었다. 코너는 그 모습을 보자마자 득달같이 달려가 알렉스를 두 팔로 안아 들었다. 알렉스의 얼굴은 코너가 지금껏 봤던 가운데 가장 창백했고 피부는 얼음장 같았다.

"알렉스, 나야. 코너라고!" 코너가 외쳤다. "우리가 너를 찾으러 왔어. 이제 집으로 데려갈 거야!"

코너가 알렉스의 얼굴에 붙은 머리칼을 쓸어 넘겼지만 알렉스는 눈을 뜨지 않았다.

"알렉스, 내 말 들리니?" 코너가 다시 불렀다.

코너는 알렉스를 부드럽게 살짝 찔러 봤지만 알렉스는 눈을 뜨기는커녕 조금의 움직임도 보이지 않았다. 코너는 알렉스가 아직 숨을 쉬는지 확인하려고 가슴 쪽에 귀를 대 본 다음 맥박을 짚었다.

"살아 있어." 코너가 말했다. "하지만 숨이 겨우 붙어 있는 것 같아."

"왜 아무런 반응이 없지?" 브리가 물었다.

"뭔가 마법에 걸려 있는 게 분명해." 코너가 알렉스의 얼굴 옆을 톡톡 치며 말했다. "알렉스, 네가 이 상황을 떨치고 일어나야 우리가 널 도울 수 있어! 누가 너에게 이런 짓을 한 거야? 네가 여기저기 마법을 부리고 사람들을 공격하게 만든 게 대체 누구야?"

"내가 일어나라고 말하기 전까지는 잠에서 깨지 않을 거야."

코너와 브리, 잭, 골디락스, 빨간 망토는 일제히 열람실 반대편으로 눈길을 돌렸다. 일행 말고도 누군가가 거기 있었던 것이다. 그때 긴 검은색 망토를 입고 빨간 입술에 머리에 숫양처럼 뿔이 달린 여자 한 명이 모습을 드러냈다.

"모리나!" 골디락스가 말했다. "당신이었군. 당신이 이 모든 걸 뒤에서 조종하고 있었어!"

그러자 빨간 망토가 분노로 가득 찬 표정을 짓고 꽉 쥔 주먹을 들어 올린 채 곧장 마녀에게로 달려들었다.

"이 풀이나 뜯어 먹고 양젖을 빨면서 발굽이나 구르던 못된 인간아! 내 결혼식을 망치더니 친구까지 빼앗았겠다!" 빨간 망토가 소리 질렀다. "감히 내 약혼자와 친구들을 빼앗다니! 그 끔찍하고 못생긴 뿔을 머리에서 뜯어내 버리겠……."

하지만 모리나가 파리 쫓듯 손을 휘휘 젓자 빨간 망토는 붕 하고 떠올라 2층 책장 위에 떨어졌다. 빨간 망토는 금속 가로대를 붙잡고 바닥으로 내려가려 했지만 가로대가 마법의 힘으로 빨간 망토의 몸을 휘감아 제자리로 돌려놓았다. 그리고 모리나가 나머지 일행을 향해 손짓하자 일행 역시 빨간 망토 옆으로 날아가 금속 가로대에 가로막혀 꼼짝 못 하게 됐다. 코너는 공중으로 떠오르기 전에 알렉스를 붙잡으려고 애썼지만 알렉스는 코너의 팔에서 스르륵 빠져나가 바닥으로 다시 떨어졌다.

"당신들이 나를 놀라게 한 건 사실이야." 모리나가 말했다. "나를 뒤쫓아 오기는 할 테지만 이 건물 안까지 들어올 거라고는 생각 못 했거든."

"당신이 여기서 무슨 짓을 벌이고 있는지 다 알아!" 브리가 외쳤다. "두 세계 사이를 잇는 다리에 대해서도 알고, 마녀들이 그 다리를 건너와 이 세계를 정복할 계획이라는 것도 안다고!"

"하지만 마음대로 하진 못할 거야!" 코너가 외쳤다. "당신과 마녀들은 이 세계를 결코 손아귀에 넣지 못할 거라고!"

"그럴지도 모르지." 모리나가 대꾸했다. "그래서 내가 알렉스에게 저주를 건 거야. 이제 알렉스의 마법의 힘을 내 손아귀에 넣었으니 또 다른 세상을 정복하는 일은 훨씬 쉬워질 테지. 그나저나 알렉스, 이제 일어날 시간이야. 곧 손님들이 도착할 거라고."

그러자 알렉스의 몸이 공중으로 붕 하고 떠오르더니 발이 바닥에 닿았다. 알렉스가 눈을 뜨자 두 눈은 마치 번개처럼 불타올랐다. 그리고 머리카락이 쭈뼛 솟아올라 천천히 타오르는 불꽃처럼 움직였다. 알렉스가 깨어나자 공중에 떠 있던 책들이 전부 열람실 바닥으로 우수수 비처럼 떨어졌다.

"대체 알렉스에게 무슨 짓을 한 거야?" 코너가 소리를 질렀다.

"보면 모르겠어?" 모리나가 말했다. "전에 마법사에게 했던 것처럼 알렉스에게도 저주를 걸었지."

"그게 무슨 말이야?" 코너가 외쳤다. "에즈미아는 저주에 걸리지 않았어! 에즈미아가 마법사가 된 것은 탐욕스럽고 이기적이며 사악했기 때문이야!"

"모든 여자의 내면에는 사악한 마법사가 있지. 약간의 저주만으로도 그 마법사를 끄집어낼 수 있고 말이야." 모리나가 말했다. "알렉스도 예외는 아니었지."

"믿을 수 없어." 코너가 말했다. "대체 어떤 마법으로 그렇게 할 수 있다는 거지?"

"사실 그건 꽤 흥미로운 이야기야." 모리나가 말했다. "너도 알겠지만 여러 해 전에 눈의 여왕과 바다 마녀가 요정들과 거의 똑같은 시기에 또 다른 세상을 발견했지. 세상을 떠난 요정 대모와 협의회 요정들이 또 다른 세상을 이리저리 여행하면서 동화를 퍼뜨리고 소원을 들어주는 동안, 우리 마녀들은 한데 모여 그 세상을 정복할 계획을 짰어. 눈의 여왕과 바다 마녀는 그렇게 강하지 않았기 때문에 사악한 마법 거울의 유릿가루로 에즈미아에게 마법을 걸었지. 이 가루는 에즈미아의 눈과 폐에 들어가 마음속의 분노와 슬픔, 질투를 열 배로 늘렸어. 그 결과 에즈미아는 지금 우리가 기억하는 그런 마법사가 되었던 거야. 눈의 여왕과 바다 마녀는 에즈미아를 또 다른 세상에 대항하는 무기로 활용할 생각이었어. 하지만 불행히도 그렇게 되기 전에 에즈미아는 죽고 말았지. 마법사 에즈미아가 죽자 눈의 여왕과 바다 마녀는 알렉스에게로 눈을 돌렸지. 그리고 알렉스에게 저주를 걸려고 여러 번 시도하는 과정에서 둘은 알렉스가 에즈미아보다 훨씬 강하다는 사실을 알았어. 저주를 거는 데만도 에즈미아보다 열 배가 넘는 가루가 필요했거든.”

"그래서 알렉스가 마녀들의 맥주 양조장을 파괴하고 요정 협의회를 공격했던 거구나!” 코너가 처음으로 이해가 간다는 듯 외쳤다. "자기 힘에 압도되어 통제하기가 어려웠던 게 아니었어. 저주에 걸려 있었던 거야!”

"잘도 알아냈구나.” 모리나가 말했다. "다행히 눈의 여왕과 바다 마녀는 에즈미아에게 저주를 걸었을 때 저질렀던 실수로부터 교훈을 얻었어. 이번에는 저주에 걸릴 대상이 누구건 간에 확실히 통제할 수 있도록 했지. 이제 역사상 가장 강력한 힘을 가진 요정 알렉스는 분노와 고뇌, 좌절로 똘똘 뭉쳐진 존재가 되었어.”

코너와 동료들은 그녀의 말에 화가 나 몸을 꼼짝 못 하게 하는 금속 가로대에서 벗어나려 애썼지만 소용 없었다.

"그래도 절대 성공하지 못할 거야!” 코너가 외쳤다. "이 세계를 정복하려면 알렉스와 마녀들의 힘을 모두 합쳐도 무리일 거야! 이 세계에는 당신이 상상도 하지 못하는 군대와 무기들이 있어! 당신이 이 도서관을 나서는 순간 당신을 날려 버릴걸!”

모리나는 마치 그런 말을 너무 여러 번 들어 지겹다는 듯 눈동자를 위로 굴렸다.

"아 그렇지. 나도 그것들에 대해서는 잘 알고 있어." 모리나가 말했다. "너희한테는 안됐지만 나도 그런 무기에 걸맞을 만한 걸 준비했지. 너도 알겠지만 다른 마녀들은 자기들이 건너오게 될 세계가 어떤 곳인지 전혀 모르거든. 이곳 또 다른 세상은 눈의 여왕이나 바다 마녀가 맨 처음 발견했을 당시와는 무척 달라졌으니까. 그 둘은 이곳이 얼마나 발전했는지 전혀 몰라. 마녀들과 알렉스는 이 세계의 군대를 무너뜨릴 내 계획에 있어서 체스판의 작은 말에 불과해. 마녀들과 알렉스가 다쳐서 상처를 입을 때쯤이면 내 군대가 도착해서 이곳 군대를 끝장낼 테니까."

"무슨 군대 말이야?" 코너가 물었다.

모리나는 머리를 뒤로 젖히고는 크게 웃음을 터뜨렸다. "아직까지도 전혀 모르고 있다니 우습구나." 모리나가 말했다.

그때 골디락스가 깨달았다는 듯이 헉 하고 숨을 들이켰다. "코너, 모리나는 이야기 속 군대를 말하는 거야! 그 군대가 다리를 건너오게 할 작정인 거지! 이야기 속 군대가 북쪽 궁전에 머무르는 것도 그런 이유일 거야. 단지 겁을 주기 위한 전략이 아니라 모리나의 명령이 떨어지기만을 기다리고 있는 거지!"

코너는 지난주 내내 온갖 가능성들을 다 상상했지만 이렇게 될 거라고는 짐작도 못 했다. 결국 코너와 일행은 동화 속 세상으로 갈 필요도 없게 된 셈이었다. 이야기 속 군대가 직접 여기로 올 테니 말이다.

"그래도 또 다른 세상을 손아귀에 넣는 건 무리일 거야!" 코너가 외쳤다. "양쪽 세계에 아무것도 남지 않게 될 때까지 계속해서 싸우게 될 걸!"

"어쩌면 그게 내 계획인지도 모르지." 모리나가 말했다. "요정들은 이미 돌로 변했고, 머지않아 마녀들도 전부 죽을 테지. 그리고 또 다른 세상의 군대가 싸움에서 패배할 테고, 그 과정에서 이야기 속 군대도 전부 죽고 말 거야. 그러면 두 세계는 외부의 공격을 제대로 방어하지 못하게 되고 결국 새로운 지도자를 맞을 준비를 하게 되겠지. 바로 나 같은 지도자 말이야."

코너는 이제껏 살면서 누군가에게 보냈던 것 가운데 가장 증오에 찬 눈빛으로 모리나를 쏘아 보았다. 어떻게 한 사람이 이렇게 거대한 속임수를 꾸밀 수 있는지 믿기지가 않았다.

"당신 한 명 때문에 수백만 명의 죄 없는 사람들이 모두 죽을 거예요. 당신은 손에 피 한 방울 흘리지 않겠지만." 코너가 말했다. "당신은 괴물이에요. 괴물이란 말도 아깝지만요."

모리나는 그 말을 듣고 기뻤는지 사악한 미소가 얼굴 가득 퍼졌다. "나는 지금껏 네가 상대한 적수 중 가장 강하지는 않지만, 가장 똑똑한 건 확실해. 바로 그 점 때문에 나는 가장 무시무시한 마녀가 되었지." 모리나가 말했다.

그때 입구의 작은 시계가 자정을 알렸고, 그러자 로즈 열람실이 진동하기 시작했다.

"흠, 지금까지도 꽤 스릴이 넘쳤겠지만 이제 입을 꾹 다물어 줘야겠어." 모리나가 말했다. "내 손님들에게 비밀을 발설하면 안 되니까 말이야."

모리나가 손가락을 튕기자 금속 가로대가 코너 일행이 말을 못 하게 입을 틀어막았다. 일행은 당혹스러운 표정으로 서로의 얼굴을 바라보았지만 자신들이 할 수 있는 일이 전혀 없다는 걸 알았다. 좋든 싫든 두 세계를 잇는 다리가 이제 막 모습을 드러낼 것이다.

처음에는 가볍게 흔들리던 것이 갑자기 천둥같이 거센 진동으로 느껴졌다. 열람실이 너무나 세게 흔들리는 바람에 창문이 산산조각 나고 벽도 쩍쩍 갈라졌다. 샹들리에는 마치 건물을 부수는 쇠망치처럼 크게 휘둘렸다가 바닥에 떨어져서는 와장창 부서졌다. 책상은 미끄러져 범퍼카처럼 서로 부딪쳤고 책장 여러 개가 쓰러졌다.

그때 갑자기 천장에서 유령같이 희미하면서도 거대한 구가 내려왔다. 구는 공중에서 미끄러져 내려와 방의 반대편 끄트머리에 착지했다. 그리고 폭이 넓은 계란형으로 늘어나더니 점점 색과 깊이가 생겨났다. 마치 보이지 않는 붓이 그림을 그리는 듯했다. 시간이 지나면서 커다란 숲이 점차 선명하게 드러났다. 곧 그 이미지는 아주 생생해져서 이제는 그림이 아니라 숲으로 이어지는 통로처럼 보였다.

그리고 동화 속 세상의 마녀들이 입구를 들여다보더니 또 다른 세상으로 첫발을 내디뎠다. 아보리스, 타란툴렌, 세르펜티나, 차콜린, 생쥐 메리가 앞장섰고 수백 명의 다른 무시무시한 마녀들도 그 뒤를 따랐다. 몇몇은 빗자루를 타고 도서관으로 날아들어 왔고, 몇몇은 발굽이 달린 발로 뛰어왔으며, 몇몇은 네발로 기어 왔다.

그러더니 도서관 바닥에 짠 바닷물이 넘실넘실 파도치면서 마치 살아 있는 뱀처럼 소용돌이쳤다. 그리고 바다 마녀가 산호 썰매에 오른 채 파도를 타고 또 다른 세상으로 넘어왔다. 여러 마리의 상어가 썰매를 끌었다. 그때 갑자기 공기가 싸늘해지더니 눈의 여왕이 썰매를 타고 통로 사이로 모습을 드러냈다. 사나운 북극곰 두 마리가 여왕의 썰매를 끌고 있었다.

"여왕 폐하." 모리나가 살짝 고개를 숙여 절하며 말했다. "두 분 모두 무사히 다리를 통과해 오셔서 무척 기쁩니다. 약속한 대로 알렉스 베일리를 찾아서 마법 거울 가루로 저주를 걸어 두었습니다. 알렉스의 힘을 이제 우리 마음대로 쓸 수 있으니 또 다른 세상을 손아귀에 넣는 건 시간문제입니다."

눈의 여왕과 바다 마녀는 모리나가 어려운 일을 해내서 굉장히 놀란 눈치였다.

"수고했다, 모리나." 바다 마녀가 말했다. "이렇게 실력이 좋을 거라고는 생각지 못했는데 기분이 좋구나. 너의 실력을 인정할 수밖에 없군."

마녀들은 또 다른 세상에 오게 된 것에 흥분한 나머지 자기들 위쪽 금속 가로대에 사람들이 뒤엉켜 있다는 사실은 눈치채지 못했다. 코너와 일행은 이건 속임수고 덫이라고 마녀들에게 경고하고 싶었다. 하지만 금속 가로대가 입을 막고 있어 말이 나오지 않았다.

"이제 당장 시작하자고!" 눈의 여왕이 새된 소리로 외쳤다. "이제 이 세계를 우리 손아귀에 넣는 거야!"

10장

마녀들이 도착하다

5번로에서는 자정까지 수많은 해병대들이 윌슨 장군 밑으로 모였다. 군인들은 뉴욕 공립 도서관을 완전히 빙 둘러쌌지만 가까이 가지는 못했다. 군인이 건물 반경 3미터 안으로 들어서기만 하면 사자상이 재빨리 때려눕혔기 때문이다. 어떤 군인이 반대편으로 들어가려 하자 사자상은 그쪽으로 기어가 건물로 들어가지 못하게 군인을 철썩 후려쳤다.

윌슨 장군은 5번로 한가운데에 놓인 모래주머니 장벽 뒤에서 사자상들을 지켜보았다. 그날 밤 들어 열두 번째로 피우는 시가 연기를 깊이 들이마신 장군은 이제 행동을 개시할 때라고 결심했다.

"좋아, 저 고양이들에게 놀아나는 건 이걸로 충분해!" 윌슨 장군이 부하 군인들에게 외쳤다. "사자상 둘 다 산산조각 내 버려! 셋을 세면 한꺼번에 조준 사격한다. 하나…… 둘…… 셋!"

군인들은 뉴욕의 명물인 이 조각상에 엄청난 총알을 퍼부어 댔다. 도서관을 물샐 틈 없이 빙 둘러싼 군인들뿐만 아니라 근처 건물 옥상에서 대기하던 저격수들이 한꺼번에 총을 쏴 댔다. 결국 사자상은 산산조각 났고 도서관 입구 계단은 돌 조각으로 잔뜩 뒤덮였다.

"사격 중단!" 장군이 명령하자 총소리가 멈췄다. "잔해를 확인하라!"

군인 한 명이 도서관 입구 계단으로 달려가 조각상의 잔해를 살폈다.

"아무 문제 없습니다, 장군님!" 군인이 큰 소리로 보고했다.

"좋아." 장군이 말했다. "이제 안으로 소대를 들여보내 여자를 찾아라. 만약 체포하는데 반항하거나 우리의 공격에 맞대응하려 하면 즉시 사살하라. 여기까지가 내 명령이다, 알아들었나?"

"알겠습니다, 장군님!" 군인들이 대답했다.

하지만 도서관 입구 계단으로 달려가던 군인들은 급히 발걸음을 멈춰야 했다. 마치 조각상이 부서지는 장면이 거꾸로 되감기듯 잔해가 마법처럼 다시 하나하나 합쳐져서 두 마리의 사자상이 되었기 때문이다. 그리고 사자상들은 기분이 꽤 안 좋아 보였다. 사자상들이 화가 나서 크게 울부짖자 꽤 많은 군인의 군모가 날아가 버렸다. 그리고 사자상이 엄청난 힘으로 후려치자 군인들은 계단부터 길거리까지 데굴데굴 굴렀다.

"다시 합쳐지다니! 말도 안 돼!" 장군이 깜짝 놀라 시가를 입에서 떨어뜨렸다.

윌슨 장군은 지난 60년 동안 미국 군대에서 복무하며 많은 일들을 겪었지만 이런 경험은 처음이었다. 돌로 만들어진 고양잇과 동물 두 마리는 장군이 지금껏 보았던 존재 가운데 방어력이 가장 좋았다.

그때 갑자기 도서관 입구 양쪽으로 여닫는 이중문 세 개가 안에서 폭발하듯 쾅 하고 열렸다. 알렉스와 마녀들이 그 자리에 나타났고 사자상들과 함께 입구 계단에 섰다. 마녀들은 놀라움이 가득한 눈으로 5번로를 둘러보았다. 또 다른 세상이 생각했던 것보다 훨씬 크고 화려했기 때문이다. 마녀들은 기껏해야 자기들이 넘어온 세계와 비슷할 것이라 예상했던 것이다. 하지만 지금 마녀들은 생각지도 못했던 밝은 조명과 콘크리트로 이뤄진 거대한 도시를 마주하고 있었다.

군인들은 다들 어쩔 줄 모르는 표정으로 서로의 얼굴만 바라보았다. 대체 저들은 어디서 온 사람들일까? 윌슨 장군은 확성기를 집어 들어 의문의 여성들에게 말을 걸기로 했다.

"나는 미합중국 해병대의 건서 윌슨 장군이오." 장군이 말했다. "당신들이 누구고 어디서 왔는지는 모르겠지만, 당신들은 우리나라의 국가 안보를 위협하고 있소. 손을 들고 앞으로 조용히 나오시오. 그러지 않으면 강제로 끌고 가겠소."

하지만 마녀들은 키득거리기만 했다. 저 군인들은 누구이고 무엇을 할 수 있는지 알지 못했기 때문이다.

"저 사람 하는 말 들었지, 자매들." 눈의 여왕이 새된 소리로 말했다. "손을 올리라잖아."

그러자 눈의 여왕이 손을 공중으로 들어 올렸고 수많은 커다란 얼음 조각이 땅에서 치솟아 올랐다. 얼음 조각은 무척 날카로워서 거리에 세워 둔 군대 차량 타이어를 전부 구멍 냈으며 몇몇 군인들은 얼음 조각에 찔릴 뻔했다.

"공격해!" 눈의 여왕이 외쳤다. "또 다른 세상은 우리 거야!"

마녀들은 공격을 기념하는 의미로 꽥꽥 소리를 질렀고 도시를 침략하기 시작했다.

　　바다 마녀는 도서관을 둘러싼 파도에 올라타 근처 군인들에게 산호 조각을 던졌다. 산호는 군인들의 제복에 들러붙어 몸을 따라 빠르게 자라나 팔다리를 꼼짝 못 하게 결박했다.

　　생쥐 메리는 눈을 감고 손바닥을 땅바닥에 펼쳐 그 근방 쥐들을 전부 불러 모으는 주문을 외었다. 그러자 놀랍게도 수천 마리는 되어 보이는 설치류가 하수도와 배수구, 쓰레기통과 지하철에서 기어 나와 도서관 입구 계단 앞에 모였다. 메리가 군인들 쪽을 가리키자 쥐 떼는 마치 메뚜기 떼처럼 돌진했다.

　　아보리스는 도서관 계단 옆 나무들을 향해 손을 들었다. 그러자 나뭇가지에서 잎이 우수수 떨어지며 군인들을 덮쳤다. 나뭇잎은 마치 살인 벌떼처럼 군인들을 쏘고 찔렀다.

　　차콜린은 귀에서 김이 뿜어져 나오더니 잿빛 피부가 갈라지면서 용암이 이글거리는 게 보였다. 그리고 입에서 화산처럼 뜨거운 온천수가 뿜어져 나왔다. 차콜린은 그것을 윌슨 장군을 겨냥해 발사했다. 장군과 부하 군인들은 몸을 던져 겨우 피했지만 모래주머니로 만든 벽은 터지고 말았다.

　　군인들은 이런 공격에 대항하는 훈련은 전혀 받은 적이 없었다. 마녀들의 마법에 깜짝 놀란 군인들은 무력해져서 어떻게 반격해야 할지 몰랐다.

　　"장군님! 어떻게 해야 할까요?" 한 군인이 장군에게 물었다.

　　"총을 쏴라!" 장군이 명령했다. "다 쏴 버려!"

　　마녀들은 군인들이 자기들에게 겨누는 무기가 무엇인지 몰랐다. 그것이 불을 뿜는 무기라는 사실을 알아챈 순간 총은 이미 발사된 후였다. 총에 맞으면 마녀들은 도서관 계단에 쓰러져 전부 목숨을 잃을 게 분명했다. 하지만 바로 직전 알렉스가 손을 들어 올렸고 총알은 마법의 장막에 가로막혀 튕겨 나갔다.

장군은 부하 군인들이 총알을 낭비하고 있다는 사실을 깨닫고는 총을 쏘는 걸 멈추라고 손짓했다. 군인들은 총을 내린 채 마법을 쓰는 알렉스를 휘둥그레진 눈으로 쳐다보았다. 바다 마녀는 아직 연기가 나는 총알 하나를 손톱으로 주워 커다란 검은 눈으로 자세히 살펴보았다.

"또 다른 세상은 예전에 우리가 발견했을 때와는 많이 달라졌군." 바다 마녀가 심술궂은 눈빛으로 쏘아 보며 말했다.

바다 마녀는 총알을 눈의 여왕 코앞에 가져다 댔다. 눈이 먼 여왕은 총알 냄새를 맡더니 미간을 찌푸렸다.

"이 세계는 매우 발전했군." 여왕이 쉰 목소리로 말했다. "모리나는 어디 있나? 어째서 이쪽 세계가 이만큼 발전했다고 우리에게 경고해 주지 않았지?"

마녀들이 입구 계단과 도서관 현관을 둘러보았지만 모리나는 어디에도 보이지 않았다.

"우리를 속인 거야!" 생쥐 메리가 외쳤다.

"모리나가 우리를 죽음으로 내몰았어!" 차콜린이 투덜거렸다.

"어떻게 감히 우리를 배신할 수 있지? 쉿쉿." 세르펜티나가 쉿쉿거리며 말했다.

"조용히 해, 이 멍청한 것들!" 눈의 여왕이 말했다. "우리는 모리나라든가 이 세계 인간들의 손에 의해 절대 죽지 않아! 우리가 이 전쟁을 제대로 준비하지 못한 건 사실이야. 하지만 명심하도록! 해가 질 무렵에는 전쟁을 치를 준비를 마칠 거야! 힘을 기를 때까지 잠시 머물러 있을 장소를 찾기만 하면 돼!"

바다 마녀는 5번로를 올려다보고는 멀리 떨어진 센트럴파크 남동쪽 모퉁이를 가리켰다.

"저기 봐!" 바다 마녀가 외쳤다. "저기 숲이 있어! 모든 준비를 마칠 때까지 저기 저 숲에 숨어 있으면 되겠어!"

"좋아, 완벽해!" 눈의 여왕이 쉰 목소리로 말하고는 알렉스를 향해 몸을 돌렸다. "우리를 저기로 안내하도록!"

마녀들의 요청에 알렉스는 손뼉을 쳤고, 그러자 길을 막고 있던 군인들이 옆으로 날아갔다. 그리고 알렉스가 손가락을 다시 한 번 튕기자 군용 차량과 경찰차, 가로등, 길거리 간판, 쓰레기통을 비롯해 마녀들의 앞을 가로막고 있는 모든 것들이 산산조각 나더니 잿더미가 되었다. 마녀들과 사자상, 알렉스는 아무런 것에도 방해받지 않고 순식간에 5번로를 행진해 센트럴파크로 갔다.

목적지에 도착한 알렉스는 허공에다 대고 손을 흔들었다. 그러자 마법의 장벽이 잔물결이 일며 어른거리는 거대한 돔처럼 센트럴파크 전체를 에워쌌다. 군인들이 마녀들을 따라 센트럴파크로 들어오려 했지만 알렉스의 장벽은 가까이 오는 사람들을 감전시키는 방패 역할을 했다. 누구도 장벽 밖으로 나가거나 안으로 들어오지 못했다.

알렉스와 사자상, 마녀들은 센트럴파크 한가운데로 더 들어가 군인들의 시야에서 사라졌다. 군인들은 움직이는 사자상만으로도 이미 충분히 놀랐지만, 놀라운 장관은 이제 막 시작된 셈이었다.

"어떻게 할까요, 장군님?" 한 군인이 윌슨 장군에게 물었다.

윌슨 장군은 아무 대답도 하지 못했다. 다른 부하 군인들만큼이나 오늘 밤 벌어졌던 여러 사건들에 너무 놀라 정신이 없었던 것이다. 장군은 이 상황을 도와줄 사람이 필요했고, 머릿속에는 오직 한 사람만이 떠올랐다.

"장군님? 어떻게 할까요?"

"지금 생각하고 있지 않나, 병장! 생각하고 있다고!" 윌슨 장군이 화가 난 목소리로 톡 쏘듯 말하고는 제자리를 서성거렸다. "당장 맨해튼섬 주민 전체를 대피시키게! 그리고 국방부에 지원 병력이 더 필요하다고 연락해! 가능한 한 많은 병력이 필요할 것 같군!"

"알겠습니다, 장군님!" 군인이 대답했다.

"아, 그리고 병장." 윌슨 장군이 말했다. "한 가지 더 있네. 오늘 밤 가장 중요한 명령이네. 코넬리아 그림을 데려오게, 지금 당장!"

11장

거울에서 탈출하다

프로기와 신비에 싸인 꼬마 친구는 중앙 왕국 성으로 가 거울이란 거울은 전부 다 조사했다. 그 결과 이 성은 거울 차원과 마찬가지로 텅 비어 있다는 사실을 알게 되었다. 가구가 온통 다 부서지고 예술 작품들이 망가져 있는 것으로 보아 이야기 속 군대가 이 성에 쳐들어왔으며 이곳 하인들을 전부 북쪽 왕국으로 데리고 간 것으로 보였다. 하지만 프로기가 가장 신경 쓰인 부분은 예전에 자기가 살던 궁전이 거의 알아볼 수도 없을 정도로 바뀌었다는 점이었다. 두 사람은 프로기가 예전에 잠을 자던 방과 식사를 하던 식당, 매일 오래도록 책을 읽던 도서관을 자세히 살펴보았다. 하지만 프로기는 전혀 익숙한 느낌을 받지 못했다.

"내가 전에 여기 살았던 건 확실한데 아무리 둘러봐도 다른 집처럼 느껴져." 프로기가 말했다.

"아저씨 친구들이 숨어 있을 만한 다른 장소는 또 없나요?" 조그만 소녀가 물었다.

프로기는 친구들이 숨어 있을 법한 다른 장소를 생각해 내려 애썼다. 하지만 이제는 그런 장소들 이름조차도 잘 기억나지 않았다.

"성 바깥의 마을을 살펴보자." 프로기가 말했다. "어쩌면 눈에 덜 띄는 곳에 숨었을지도 모르니까. 가게나 농장처럼 말이야."

"그 친구들 이름이 뭐죠? 물어보는 걸 깜박했네요."

프로기는 대답하려고 입을 벌렸지만 이름이 떠오르지 않았다.

"잊어버린 것 같구나." 프로기가 한숨을 푹 쉬며 말했다. "하지만 만나면 금세 알아볼 수 있을 거야. 그 애들은 딸기색을 띤 금발에 푸른 눈동자를 하고 있고 얼굴에 주근깨가 있지. 남자아이는 볼이 통통하고 여자아이는 머리띠로 언제나 머리카락을 단정하게 정리하고 다녀. 적어도 열두 살 무렵에는 그런 외모였어. 그 이후 더 성숙해졌겠지만 그 모습은 기억나지 않아."

"괜찮아요." 소녀가 프로기를 안심시켰다. "그런 특징에 들어맞는 쌍둥이가 그렇게 많지는 않을 거예요. 그러니 금방 찾을 수 있겠죠."

그때 멀리서 새로운 거울들이 무리 지어 나타났고, 두 사람은 서둘러 새로운 거울들을 샅샅이 살폈다. 프로기와 소녀는 중앙 왕국 성 밖 마을의 집과 가게, 빵집, 술집, 헛간까지 전부 뒤졌다. 하지만 성과 마찬가지로 모두 텅 비어 있었다. 이야기 속 군대가 마을 사람들도 전부 데려간 게 분명했다. 그런데 그때 예상치 못한 소리가 들렸다. 누군가 있는 게 분명했다.

프로기와 소녀는 작은 오두막에 걸린 거울에서 들리는 훌쩍이는 소리를 추적해 찾아갔다. 그 소리가 들리는 거울 밖을 들여다보니 초라한 옷을 입은 키 작은 여자 한 명이 보였다. 여자는 코가 컸고 곱슬곱슬한 붉은색 머리카락을 하고 있었다. 여자는 거울 속에 비친 자신의 모습을 마치 경멸하는 사람 쳐다보듯 노려보았다. 그리고 마치 자기 얼굴 피부가 찰흙으로 만들어진 것처럼 이마의 주름과 눈 밑의 쳐진 살을 늘어뜨려 매끄럽게 펴고 이중 턱을 없애 보려 애썼다. 당연했지만 아무리 손으로 펴려 해도 펴지지 않았고, 피부가 제자리로 돌아올 때마다 여자는 더 크게 울음을 터뜨렸다.

프로기는 여자가 놀라지 않도록 거울 속에서 벗어나려 했지만 소녀는 도움을 주고 싶은 듯 자석처럼 여자에게 가까이 다가갔다.

"왜 우세요?" 소녀가 물었다.

거울 속에서 낯선 여자아이가 갑자기 나타나자 여자는 비명을 질렀다. 그리고 소녀가 등 뒤에 있다고 생각했는지 재빨리 어깨 너머를 돌아봤다. 그리고 소녀가 거울 속 상이라는 사실을 깨달은 여자는 다시 비명을 질렀다.

"어떻게 그 안에 들어간 거니?" 여자가 물었다. "너 유령이니?"

"아니에요, 그저 저주에 걸렸을 뿐이에요." 소녀가 대답했다. "저는 아주 오랫동안 거울에 갇혀 있었어요. 그런데 보아하니 당신도 마찬가지인 것 같네요."

"하지만…… 하지만…… 그게 대체 무슨 소리니?" 여자가 물었다.

"당신이 자신을 거울에 비춰 보는 모습을 보고 알았죠." 소녀가 말했다. "슬픔과 증오로 가득한 표정으로 자신의 얼굴을 봤잖아요. 그리고 자기 손으로 외모를 바꾸려다가 다칠 뻔하기도 했고요. 자기를 미워하고 다치게 할 만큼 자신의 외모를 싫어한다면, 당신 역시 나처럼 거울에 갇힌 저주에 걸린 거나 마찬가지죠."

여자는 거울 속 상이 말을 한다는 점 때문에 여전히 놀란 상태였지만, 소녀의 말이 마음속 깊이 와 닿았다. 여자의 눈에 다시 눈물이 맺혔다. 하지만 이번에는 부끄러움 때문이었다.

"내가 마음이 약해진 순간 나를 붙잡아 주었구나, 얘야." 여자가 말했다. "넌 이름이 뭐니?"

"몰라요." 소녀가 대답했다. "저는 눈에 보이는 그대로 얘기했을 뿐이에요. 어느 누구도 스스로 통제할 수 없는 무언가 때문에 좌절해서는 안 돼요."

"나도 동의한단다. 하지만 마음이 약해진 모습만 보고 그 사람을 판단하는 것도 옳지 않아." 여자가 말했다. "물론 내 외모를 볼 때마다 슬퍼하긴 했지만 지금 기분이 좋지 않은 건 다른 이유 때문이야. 최근에 우리 가족이 전부 못된 군인들에게 붙잡혀서 북쪽 왕국으로 끌려갔거든. 내가 지금 울고 있는 건 가족들이 그립고 많이 걱정돼서란다."

"그러면 왜 겉모습을 고치고 싶어 했던 거죠?" 소녀가 물었다.

"왜냐하면, 가족들을 구하러 가고 싶은 마음이 절박한데 겉모습 때문에 머뭇거리고 있었기 때문이야." 여자가 털어놓았다. "우리 마을에서 그 군대에 잡혀갔다가 도망쳐 나온 사람은 나 한 명뿐이야. 하지만 이 근처 마을에는 나 같은 사람들이 또 있어. 우리가 힘을 합치면 사랑하는 가족들을 구출할 계획을 세울 수 있을 거야. 하지만 내 외모가 너무 보잘것없어서 아무도 내 얘기를 진지하게 받아들이지 않을까 봐 두려워. 지금껏 살면서 이런 두려움이 현실이 되었던 적이 많았거든."

프로기는 어린 소녀가 조언하기에는 이 여자가 마주한 상황이 너무 복잡하다고 생각했다. 하지만 그럼에도 소녀는 자기가 해야 할 조언이 무엇인지 아는 듯했다.

"아무도 단순히 아름다움만으로는 세상을 바꾸지 못해요." 소녀가 말했다. "세상에 변화를 가져오고 싶다면 외모 같은 시시한 게 당신을 가로막지 못하게 해야죠. 데이지꽃이 피는 데 장미의 허락 같은 건 필요 없어요. 당신도 마찬가지고요."

"나는 허락받을 필요는 없지만 누군가의 도움이 필요해." 여자가 말했다. "나 혼자서 군대와 맞서 싸울 수는 없거든. 나랑 힘을 합칠 사람들이 필요해. 하지만 다른 사람들이 내 외모만 보고 내 말을 귀담아 듣지 않을까 봐 두려워. 사랑하는 사람들을 구하겠다는 내 희망 사항을 듣고 웃어넘길까 봐 겁이 나."

소녀는 엉덩이에 손을 올리고 지금보다 두 배는 나이가 많은 것처럼 당당하게 자신감 어린 눈빛으로 여자를 바라보았다.

"겉만 보고 판단하는 건 바보들이나 하는 짓이죠." 소녀가 말했다. "만약 사람들이 당신 얘기를 듣지 않으려 한다면 소리를 지르세요. 사람들이 당신을 침묵하게 한다면 당신 마음을 글로 표현하면 되고요. 존중을 얻는다는 게 결코 쉬운 일은 아니지만, 당신이 사랑하는 무언가가 위험에 빠졌다면 어려움을 무릅쓸 가치 또한 있어요. 그리고 마을 사람들이 당신 말을 진지하게 받아들이게 하지 못한다면 군대도 물리치지 못할 거예요! 집 안의 악마를 맞닥뜨려야 바깥의 악마와 싸울 수 있죠."

소녀가 거울 속에 오래 갇혀 있어서 그런지 그녀의 조언은 꽤 설득력이 있었다. 그러자 여자는 갑자기 몸에 전기가 통한 것처럼 몸을 꼿꼿하게 편 채 일어섰고 눈에는 결의로 가득했다.

"네 말이 맞아, 얘야." 여자가 말했다. "그동안 거울 앞에서 풀 죽어 보냈던 시간과 에너지만 모아서 다른 데 썼어도 지금쯤 대단한 일을 해냈을 거야. 이제는 거울 앞에서 의기소침해 있지 않고 내가 해야 할 일을 하겠어."

여자는 흥분해서 코트를 입고 모자를 쓰는 데도 손이 떨릴 정도였다. 이제 새롭게 시작해야겠다는 마음이 간절했던 나머지 여자는 이 방에 자기 말고 다른 누가 있다는 사실도 완전히 잊은 듯했다. 그러다가 한쪽 발을 문밖으로 내디딘 다음에야 아직 거울 속에 소녀가 있다는 사실을 깨달았다.

"나에게 용기를 줘서 고마워." 여자가 말했다. "네가 어떤 저주에 걸렸든 누군가 너를 거울에서 자유롭게 풀어 줄 수 있기를 바라. 네가 지금 나를 자유롭게 해 준 것처럼 말이야."

여자는 오두막을 나가 자신감 넘치는 단호한 걸음걸이로 이웃 마을을 향해 나아갔다. 프로기는 이 조그만 여자아이가 어른을 상대로 상담하는 실력을 보고 어안이 벙벙했다. 그래서 프로기는 소녀에게 짝짝 손뼉을 쳐 주었고 두 사람은 오두막의 거울에서 나갔다.

"상당히 동기 부여가 되는 이야기였어." 프로기가 말했다. "너의 몇 마디 말로 저 여자의 인생이 완전히 바뀔지도 몰라. 이런, 내가 어렸을 때 너를 만났다면 좋았을 텐데. 그러면 나도 너에게서 똑같은 격려를 받았을지도 모르고."

그때 갑자기 두 사람 등 뒤에 있는 오두막집 거울이 빛을 내기 시작했다. 거울은 점점 더 밝게 빛나더니 거의 태양하고 비슷해졌다. 프로기와 소녀는 생각지도 못한 낯선 상황에 일단 눈을 가렸다.

"대체 무슨 일이지?" 프로기가 물었다.

"모르겠어요." 소녀가 대답했다. "거울이 이렇게 변하는 건 처음 봐요!"

그때 거울에서 나온 한 줄기 빛이 리본처럼 소녀의 손목과 발목, 허리를 감쌌다. 빛줄기는 소녀를 거울 가까이 끌어당겼고 소녀의 몸은 유리에 눌리더니 더는 거울에 가까이 갈 수 없을 것 같을 때 소녀의 몸이 마치 물속으로 빨려 들어가듯 거울을 통과했다. 그러더니 소녀는 저쪽 오두막 바닥에 나뒹굴었고 환한 빛은 다시 희미해졌다. 프로기는 소녀를 따라가려고 애썼지만 두 세계 사이를 가르는 유리 장막이 이미 단단하게 변한 뒤여서 그럴 수 없었다.

"거울 밖으로 나갔구나!" 프로기가 감탄했다. "넌 이제 자유의 몸이야!"

"하지만 어떻게 이럴 수 있죠?" 소녀가 못 믿겠다는 듯이 외쳤다. "어떻게 저주가 풀렸지?"

프로기도 곰곰이 생각해 보았지만 알 수 없는 것은 마찬가지였다. 한 가지 가능성만이 머릿속에 떠올랐다.

"어쩌면 그 여자가 말한 대로 되었는지도 몰라." 프로기가 말했다. "다른 사람을 자유롭게 풀어 주어서 너 자신도 거울에서 자유롭게 풀려난 건지도 모르지."

소녀는 일어서서 거울 쪽으로 다가왔다. 그녀는 더 이상 어린 여자아이 모습이 아니었다. 윤이 나는 긴 검은색 머리카락을 가진 아름다운 중년의 모습으로 프로기 앞에 서 있었다.

"그새 꽤 늙었네요." 여성이 말했다. "왜 이렇게 나이를 먹었을까?"

"사실 거울 안에서도 당신은 그 나이였을 거예요." 프로기가 말했다. "거울 안에서 보내는 시간이 길어질수록 점점 더 어린 여자아이로 변했을 테죠."

여성은 한동안 거울에 비친 자기 모습을 바라보다가 놀란 표정이 되었다. 여성은 오랫동안 보지 못한 친구를 만난 것처럼 자신의 눈을 들여다보았다. 갑자기 어두운 동굴을 날아다니는 반딧불이 무리처럼 여성의 머릿속에 지난 기억이 파도처럼 밀려왔다.

"이제 기억나요." 여성이 말했다. "내가 어디서 태어났는지, 어디서 자랐는지, 이제 생각나요. 내가 지금껏 살았던 모든 장소들, 내가 사랑했던 모든 사람들, 그리고 내 이름도 기억났어요."

"당신 이름이 뭔가요?" 프로기가 물었다.

"이블리예요." 여성이 헐떡이며 대답했다.

자신이 발견한 사실에 이블리의 얼굴은 금세 부끄러움으로 가득 찼다. 그 감정은 너무 강력해서 이블리는 작은 의자에 앉아 잠시 쉬어야 했다.

"왜 그렇게 시무룩한 표정이에요? 분명 행복한 순간일 텐데."

"내 이름은 그것 말고도 또 있었거든요." 이블리가 대답했다.

이블리는 오두막 안을 서성대며 마치 눈꺼풀 뒤에 떠오르는 영화 장면을 묘사하는 것처럼 기억이 떠오를 때마다 소리 내서 중얼거렸다.

"나는 아주 어렸을 때 사악한 여자 마법사에게 납치되어 노예처럼 일해야 했어요. 그때 나는 미라라는 젊은 남자와 사랑에 빠졌고 미라는 나를 구해 내려 애썼죠. 그러자 마법사는 벌을 주기 위해 미라를 잡아다가 마법 거울 속에 가뒀어요. 나는 좌절했고 나 혼자서라도 마법사의 손아귀에서 탈출하려고 계획을 짰죠. 나는 마법사에게 독을 먹였어요. 그리고 미라가 갇혀 있는 거울을 가지고 도망쳐서 숲속까지 갔죠. 그러다가 나는 스스로 괴물이 되어야겠다고 결심했어요."

프로기는 웃음을 터뜨렸다. "지금 모습을 보면 전혀 믿기 힘든 얘기인데요."

"정말이에요." 이블리가 말했다. "나는 미라 때문에 마음이 너무 아픈 나머지 한 마녀에게 내 심장을 도려내 돌로 만들어 달라고 했어요. 그 결과 마음의 고통은 없어졌지만 대신 나는 비이성적이고 공감 능력이 없는 잔인한 사람이 되었죠. 심장이 없어진 나는 이후 내 삶을 다 바쳐 미라를 거울에서 자유롭게 풀어 주려 했어요. 나는 돈이 필요해서 어떤 왕과 결혼했고 의붓딸을 죽이려고까지 했죠. 그 사실을 알게 된 세상 사람들은 나를 미워했고, 다른 왕국 사람들까지도 나를 '사악한 여왕'이라 불렀어요."

그 이름을 듣고 등골이 서늘해질 법도 했지만, 프로기는 아무렇지도 않았다. 프로기는 마치 처음 듣는 이야기인 듯 이블리의 과거 이야기를 들었다. 그들 두 사람이 과거의 경험 일부를 공유했다고는 전혀 알지 못한 채였다.

"그리고 나는 나중에 소원을 들어주는 마법을 이용해 미라를 거울 속에서 풀어 주려고 했죠. 하지만 내가 준비물을 모두 모아 마법을 실행하려 할 때쯤 미라는 거울 속 상에 불과할 만큼 존재가 희미해져 버렸어요. 그리고 거울에서 풀려난 뒤 몇 분 지나지 않아 내 품에 안겨 숨을 거뒀죠. 당시에는 큰 전쟁이 벌어지고 있던 시기였어요. 군인들이 버려진 성에 있는 나를 찾아내 밖에서 대포를 쏘아댔고, 성은 무너지기 시작했죠. 그때 마법 거울이 나를 덮쳤고 그때 이후 나는 줄곧 거울 안에 갇혀서 지냈던 거예요."

이블리는 손으로 눈을 가리고 지금껏 지켜봤던 이야기가 슬픈 결말로 끝난 것처럼 울었다.

"그러면 당신의 심장은 어떻게 되었나요?" 프로기가 물었다. "아직도 돌인가요?"

이블리는 가슴에 손을 댔고 놀라서 헉 하고 소리를 냈다.

"아니요, 내 심장이 뛰고 있어요!" 이블리가 말했다. "대체 어떻게 이럴 수 있죠? 누군가 마법으로 내 심장을 원래대로 되돌려 놓은 건가요?"

"나는 어떻게 된 건지 알겠어요." 프로기가 미소를 띠며 말했다. "당신에게 '두 번째 기회'가 온 거예요. 평생 슬픔 속에서 살았던 당신에게 거울 세계가 새로 인생을 시작할 기회를 준 거죠."

"나는 두 번째 기회를 얻을 자격이 없어요." 이블리가 말했다. "그동안 다른 사람들에게 너무나 많은 고통을 주었으니 언제까지고 감옥에 갇혀 지내야 해요."

"그럼 어쩌면 지금이 구원을 받을 기회일지도 몰라요." 프로기가 제안했다. "당신은 너무 늦어서 미라를 구하진 못했지만, 그렇다고 다른 사람도 구할 수 없는 건 아니에요. 세상에는 자기가 거울 속에 갇혀 있다고 느끼는 사람이 많고, 당신이 그동안 마음속에 품었던 조언이 그 사람들에게 도움이 될 거예요."

"하지만 왜 나죠?" 이블리가 물었다. "사악한 여왕이라 불리는 나 말고도 그런 일을 잘 해낼 사람은 훨씬 더 많을 텐데."

"그렇지 않을지도 몰라요." 프로기가 말했다. "어쩌면 당신이 그 모든 고통과 슬픔을 겪었던 만큼 고통에 빠진 다른 사람들을 더 잘 구할 수 있을 거예요. 사악한 여왕으로 보냈던 시기는 당신 삶의 일부일 뿐 전체가 아닐 수도 있죠. 어쩌면 이 세계는 당신이 생각했던 것보다 당신을 통해 더 큰 계획을 실현하려 하는지도 몰라요."

이블리는 프로기의 말을 곱씹어 생각하자 눈물이 차올랐다. 그동안 세상을 잔혹하다고만 생각했기 때문에 이런 친절을 받아들이기가 힘들었다.

"이제 내 마음의 소리에 귀를 기울이고 내가 통제할 수 없는 걸 안타까워하지 말아야겠어요." 이블리가 말했다. "이렇게 나를 이끌어 줘서 고마워요. 답례로 당신이 친구들을 찾는 걸 도와주고 싶지만 내가 이렇게 거울 바깥에 있어서 별로 쓸모가 없겠네요. 당신이 누구인지는 잘 모르겠지만 행운을 빌어요."

이블리는 거울을 사이에 두고 프로기의 뺨 근처에 입을 맞추었다.

그리고 오두막을 떠나 새로운 시작을 향해 한 발자국 걸음을 뗐다. 이블리가 사라지자 프로기는 거울 앞을 떠나 어둠 속을 이리저리 거닐었다.

"정말 좋은 분이군." 프로기가 혼잣말했다. "무슨 친구들을 말하는 건지는 모르겠지만 말이야……."

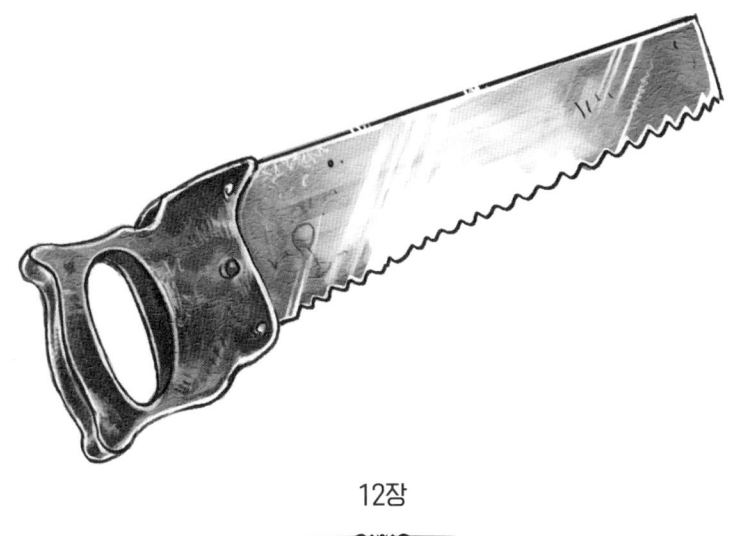

12장
예상치 못한 구조자들

코너와 동료들에게는 마녀와 군인들 사이에서 일어난 시끌벅적한 소동이 바로 눈앞에서 일어나는 일처럼 들렸다. 코너는 알렉스가 총알이 빗발치는 바깥에 있다고 생각하니 끔찍한 기분이 들었고, 알렉스를 위해 해 줄 수 있는 일이 하나도 없어 마음이 아팠다. 코너는 몸을 꽁꽁 감싼 금속 가로대에서 벗어나려 피부에 멍이 들 때까지 버둥거렸지만 가로대는 꼼짝도 하지 않았다.

우레 같은 사격이 시작되자 모리나는 로즈 열람실에 다시 모습을 드러냈다. 모리나는 두 세계 사이에 놓인 다리로 한가롭게 걸어갔고, 자기 위쪽 가로대에 얽혀 있는 포로들에게는 눈길조차 주지 않았다. 코너와 동료들은 모리나가 지나갈 때 생각할 수 있는 모든 지독한 욕을 했지만 입을 틀어막은 금속 가로대 때문에 소리가 밖으로 나오지는 않았다.

"기운을 아껴 둬. 꽤 오랫동안 거기 있어야 할 테니까." 모리나가 웃음을 터뜨리며 말했다. "이제 내가 조종하는 장기의 말들이 제자리에 다 놓였으니 이제 장군을 부르고 왕을 잡으러 갈 시간이야. 지금 이 순간을 즐기도록 해. 조금만 지나면 이 세계는 내 것이 될 테니까."

모리나는 코너 일행을 향해 손으로 키스를 날렸고 그러자 일행의 몸을 감싸고 있던 금속 가로대가 더 팽팽하게 조여 왔다. 그리고 모리나는 다리 반대편 동화 속 세상으로 걸어 들어가 숲속으로 자취를 감췄다.

코너와 동료들은 금속 가로대가 몸을 아프게 조이는 바람에 계속해서 꿈틀거렸다. 너무 단단하게 묶인 탓에 숨을 쉬는 것조차 힘들었고 팔다리에 피가 안 통해 점점 느낌이 사라지는 듯했다. 엄마 골디락스가 미친 듯이 몸을 뒤틀자 히어로가 잠에서 깨어나 울었다. 하지만 빨간 망토가 옆에서 더 높은 소리로 흐느끼는 바람에 갓난아기의 울음소리는 거기에 묻혀 버렸다.

코너는 지금껏 살면서 지금처럼 운이 나쁘다고 생각된 순간은 거의 없었다. 알렉스는 지독한 저주에 걸렸고, 동료들은 자기 옆에 함께 묶여 있는 데다, 도서관 밖의 누구와도 연락을 취할 수가 없으니 말이다. 코너는 이 세계에 큰일이 닥칠지도 모른다는 생각에 두려웠다.

그때 갑자기 시끌벅적하던 바깥이 쥐 죽은 듯 고요해졌다. 코너는 최악의 상황이 온 거라 생각해 잔뜩 겁을 먹었다. 어쩌면 모리나가 마녀들과 알렉스를 다 죽였을지도 모르고, 싸움 장소가 옮겨진 건지도 몰랐다. 그때 로즈 열람실에 누군가의 발소리가 들리자 코너는 마녀들이 도서관 안으로 후퇴한 건 아닌지 걱정했다. 앞쪽만 보도록 머리가 고정

되어 있었기 때문에 코너는 눈동자를 가장자리로 굴려 주변을 살펴야 했다. 그러자 눈구멍 속 근육이 땅기는 게 느껴졌다. 코너의 시선에 들어온 것은 익숙한 네 명의 여자아이들이었다. 여기에 나타나리라고는 전혀 상상도 하지 못한 인물들이었다.

"그건 분명히 코너 베일리였어." 귀에 익은 목소리가 말했다. "그리고 내가 항상 바랐던 그런 모습이었지. 연약하고 남의 도움을 필요로 하는 모습 말이야!"

민디와 신디, 린디, 웬디가 열람실 저편에서 걸어왔다. 그리고 넷은 코너와 일행의 눈에 잘 보이는 곳에 멈춰 섰다. 책을 껴안는 자들 모임의 아이들은 팔짱을 낀 채 히죽히죽 웃고 뭔가를 꾸미는 듯한 표정을 지으면서 코너와 동료들을 올려다보았다. 네 아이는 마치 몸을 다친 동물들을 둘러싼 독수리처럼 보였다.

"음? 읍읍!" 브리가 믿을 수 없다는 듯이 뭔가 말을 하려고 했다.

"아, 저길 봐, 얘들아!" 신디가 말했다. "브리 캠벨과 코너가 아주 수상쩍은 곳에 함께 있네! 정말 놀랍군. 사실은 별로 놀랍지도 않지만 말이야!"

"읍읍, 읍, 읍읍읍!" 코너가 입이 틀어 막힌 채 끙끙거렸다.

"코너, 뭐라는 거야? 그렇게 오랫동안 아무 말도 하지 않다가 이제 와서야 우리에게 할 말이 생겼나 보네?" 민디가 말했다. "네가 그동안 했던 온갖 거짓말과 속임수에 방해받지 않고 네 말을 알아들었으면 좋겠다!"

"읍읍읍!" 코너가 화가 난 채 끙끙거렸다.

"린디, 버려진 지하철 터널에 갔다 와." 민디가 말했다. "아마 승강장에 작은 톱이 있을 거야. 그걸 이용해 코너가 말을 할 수 있도록 도와주자."

린디는 민디의 말에 재빨리 열람실을 떠났다. 코너는 책을 껴안는 자들 모임 아이들의 계획이 톱으로 자기를 풀어 주려는 것인지 아니면 고문하려는 것인지 알 수 없었다. 그리고 과거의 미심쩍은 행동거지로 미뤄 볼 때 둘 다 가능성이 있다고 생각했다. 몇 분 지나지 않아 린디가 마치 독사를 쥔 것처럼 30센티미터쯤 되는 톱을 들고 돌아왔다.

"잘했어. 이제 코너의 입을 덮은 이 가로대를 잘라 버려." 민디가 지시했다.

하지만 린디는 불안한 듯 멈칫했다. "웬디가 하는 게 좋지 않을까? 목공 일을 할 줄 아는 건 웬디뿐이잖아."

웬디는 자신 있게 고개를 끄덕이며 친구의 손에서 톱을 가져갔다. 책을 껴안는 자들 모임에서 가장 과묵한 회원인 웬디는 톱을 문 채 책장을 기어올라 코너에게 다가갔다. 마치 배 옆쪽을 기어오르는 해적 같았다. 그리고 웬디가 양쪽을 빠르게 톱질하자 코너의 얼굴을 가로막았던 금속 가로대가 잘려 나가 바닥으로 떨어졌다.

"너희들 대체 여기서 뭐 하는 거야?" 코너가 외쳤다.

"부모님과 휴가 여행 중이었어." 신디가 대답했다. "우리가 식사 중이었던 치지 스트리트 밖으로 택시 한 대가 지나가는데 그 안에 네가 있더라고. 즐거운 여행은 금세 일이 되어 버렸지."

"그때부터 우리는 계속 너를 뒤쫓았어." 린디가 말했다. "부모님에게는 우리가 피자 베이글을 먹고 탈이 나서 설사가 난다고 했지. 부모님은 아직도 우리가 화장실에 있는 줄 아실 거야."

"그 관리인 출신 노숙자 아저씨는 우리에게 네가 어디 있는지 말하지 않으려 하더군. 하지만 그 아저씨의 친구들은 그렇게 충직하지 않았어." 민디가 말했다. "곡물 바 몇 개와 틱택 사탕 한 상자를 건네니 마치 카나리아가 노래 부르듯 네가 어디로 갔는지 술술 말하더라고."

코너는 자기 뒤를 쫓아 온 괴짜 스토커들이 이렇게 고마울 줄은 꿈에도 몰랐다. 평소에는 책을 껴안는 자들이라는 말만 나와도 지긋지긋했는데 이제는 이 아이들이 슈퍼히어로 망토를 두른 것처럼 대단해 보였다. 이 아이들이야말로 지금 알렉스와 이 세계를 구할 수 있는 유일한 영웅이었다.

"내가 이런 얘기를 하게 될 줄은 상상도 못 했지만, 너희를 만나게 돼서 진짜 반갑다." 코너가 고마워하는 미소를 지으며 말했다. "이제 나머지 금속 가로대도 톱으로 자르고 나를 밑으로 내려가게 해 줘! 긴급 상황이야!"

그 말을 듣고 웬디는 코너의 다리 근처 가로대에 톱질을 하기 시작했다. 하지만 민디가 손을 들어 멈추게 했다.

"이런 모습으로 만나게 돼 가슴 아프지만, 우리는 아직 너를 도와줄 마음이 없어." 민디가 말했다. "너도 알겠지만 지금 우리는 너와 알렉스에 대해 물어볼 질문들이 산더미처럼 많아. 너만이 대답할 수 있지. 그러니 우리가 널 도와주기를 바란다면, 먼저 우리 질문에 답해야 해."

"너희들 제정신이야?" 코너가 쏘아붙였다. "내가 지금 긴급 상황이라고 했잖아! 나를 당장 내려주지 않으면 사람들이 다칠 거라고!"

"사람들은 이미 다쳤어!" 민디가 가장 가까운 탁자를 쾅 내리치며 외쳤다. "넌 부모님과 친구들, 학교 선생님들로부터 헛소리하는 미친 아이 취급받는 기분이 어떤지 알아? 정말 상처받는다고! 음모론을 다룬 블로그나 채팅방에서 웃음거리가 되었을 때 기분을 네가 알아? 그것도 상처라고! 그리고 시장이나 주지사, 국방부 사람들이 개인 소셜 미디어 개정에서 널 차단했을 때 기분이 어떤지 알아? 정말 상처라고! 증거는 넘칠 만큼 충분한데, 우리가 타당한 의심과 진실을 향해 용감한 노력을 벌여도 매번 창피만 당하고, 낙인 찍히고, 결국엔 보호 시설로 보내지고 말았지. 하지만 아직도 책을 껴안는 자들은 건재하지! 그러니 네가 발을 땅에 딛고 싶다면 우리가 원하는, 마땅히 얻을 자격이 있는 정보를 내놔! 너는 지난 4년 동안 우리가 진실을 접하지 못하게 했어. 하지만 그물처럼 얽힌 네 속임수는 오늘로써 끝이야!"

비록 불편하게 몸이 묶여 있었지만 로즈 열람실에 있던 코너 일행은 몸이 굳은 채 아무 말도 하지 못하고 책을 껴안는 자들 모임의 아이들을 쳐다보기만 할 뿐이었다. 심지어 히어로마저 십대 소녀의 격정적인 연설에 깜짝 놀란 듯했다.

"그래, 좋아." 코너가 말했다. "너희들이 바라는 대로 모든 걸 다 말해 줄게. 그다음에 나를 내려 줘야 해."

책을 껴안는 자들 모임의 아이들은 마침내 답을 얻게 되었다는 생각에 긴장해서 말 그대로 몸을 부들부들 떨었다. 아이들은 독서용 등을 코너의 얼굴에 곧장 비추고는 심문을 시작했다.

"이제 내가 몇 가지 질문을 할 테니, '네' 아니면 '아니요'로 대답하도록 해." 민디가 코너의 아래쪽에서 서성거리며 말했다.

"그냥 내가 모든 걸 죽 말하는 게 더 빠르지 않을까?"

"내가 질문할 거야!" 민디가 화를 내며 큰 소리로 외쳤다. "먼저 6학년 때 너와 알렉스는 2주 동안 학교를 결석했어. 너희 엄마가 직접 손으로 작성하신 것으로 확인된 병원 간호기록에 따르면 너와 알렉스는 둘 다 수두 때문에 결석했다고 하더군. 하지만 너희 둘은 사실 수두에 걸리지 않았어, 그렇지?"

"맞아." 코너가 한숨을 쉬며 대답했다.

"내 예상대로군." 신디가 말했다.

"그리고 7학년 때 알렉스가 성적 좋은 학생들이 다니는 버몬트의 학교로 전학을 갔다고 했어." 민디가 말했다. "하지만 우리는 알렉스가 전학 가기 직전 학교 도서관에서 책에다 대고 말하는 모습을 목격했어. 알렉스는 '나를 다시 데려가'라든가 '나는 더 이상 여기 있고 싶지 않아' 같은 말을 은밀하게 속삭였지. 우리가 입수한 전학 서류에 의하면 알렉스는 할머니와 같이 살 예정이라고 적혀 있었어. 하지만 우리가 서류를 샅샅이 뒤진 결과 너희 할머니는 버몬트 주에 부동산을 하나도 갖고 있지 않으셨지. 그러니 알렉스는 버몬트 주로 이사 간 게 아니야. 그렇지?"

"맞아." 코너가 어이없다는 듯이 과장되게 눈을 위로 치켜뜨며 대답했다.

"그것도 거짓말일 줄 알았어!" 린디가 주먹을 불끈 쥐어 치켜올리며 외쳤다.

"그리고 8학년 때 독일로 수학여행을 갔다가 집으로 돌아오는 길에 너와 브리가 중간에 사라졌었어." 민디가 말했다. "브리에게는 그런 위험천만한 일을 저지를 동기가 몇 가지 있었지. 예컨대 언더그라운드 콘서트나 음식 축제에 참석하는 것처럼 말이야. 하지만 너는 음악이나 음식 때문에 도망친 게 아니야, 그렇지?"

"맞아." 코너가 대답했다.

웬디는 자기도 다 알고 있다는 듯이 톱으로 기타를 치듯 했다.

"그리고 다음 해 너는 학교로 돌아오지 않았어." 민디가 말했다. "피터스 선생님은 네가 버몬트주로 전학 가서 할머니와 알렉스와 같이 살게 됐다고 했지. 하지만 우리는 네가 버몬트 주로 이사 가지 않았다는 걸 알아, 그렇지?"

"맞아." 코너가 대답했다. 하지만 조금씩 인내심이 사라지기 시작했다. "제발 요점만 말할래? 지금 시간이 없어!"

"한 가지만 더 질문하지." 민디가 말했다. "최근에 나는 우리 모임 아이들과 함께 우연히 시커모어 드라이브에 있는 너희 집 앞에 간 적이 있었어. 그때 창문 안쪽에서 웬 이상한 차림의 사람들을 봤지. 우리는 너희 집에 강도가 든 건 아닌지 걱정돼서 조금 더 자세히 살펴봤어. 그랬더니 네가 쓴 글을 묶어 놓은 바인더에서 한 줄기 빛이 뿜어져 나왔고 그 안에서 해적들과 커다란 해적선이 나타나는 것처럼 보였어! 우리는 그들이 배우이고 해적선은 무대 장치라고 설명 들었어. 하지만 사실은 그렇지 않아, 그렇지?"

"맞아!" 코너가 퉁명스럽게 대답했다. "너희들 우리 집을 몰래 들여다본 거야? 그건 불법이라고!"

"이런 사실들 때문에, 우리는 네가 별다른 이유도 없이 학교를 결석했던 것이라든지 가짜로 전학 간 것, 유럽에 여행 간 것, 심지어는 지금 뉴욕에서 벌어진 대피 소동 등 이 모든 게 연결되어 있다고 생각하게 되었어!" 민디가 선언했다. "인정해! 너와 알렉스는 오랫동안 차원을 넘나드는 음모에 연루되어 있었다고 말이지. 그러니까 우리가 너의 발자취에 대해 하나하나 질문하는 건 부당한 일이 아니야!"

"맞아!" 코너가 소리쳤다. "너희 말이 다 맞아! 지난 4년 동안 알렉스와 나는 동화 속 세상과 고전 문학의 세계, 그리고 내가 쓴 소설 속 세계를 넘나들며 여행했어! 그게 바로 진실이야. 이제 만족해? 이 끈질긴 멍청이들아!"

책을 껴안는 자들 모임의 아이들은 단순히 만족해하는 것을 넘어 환희에 찬 표정을 지었다. 아이들은 기뻐서 펄쩍펄쩍 뛰고 눈에는 눈물이 그렁그렁 맺혔다. 웬디도 기어 내려가 친구들과 다 함께 얼싸안았다. 여러 해에 걸친 부당한 대우와 무례함, 오해를 견딘 끝에 마침내 책을 껴안는 자들이라는 모임의 존재가 정당화되는 순간이었다.

기쁨의 포옹이 끝나자 린디는 주머니에서 접힌 종이 한 장을 꺼내 그 안에 인쇄된 표를 살폈다.

"좋아, 이제 '베일리 쌍둥이가 어떻게 사라졌나' 게임에서 누가 이겼는지 알아볼 차례야." 린디가 말했다.

"그게 대체 뭔데?" 코너가 물었다.

"6학년 때 우리가 했던 게임이야. 너와 알렉스가 어디로 사라졌는지 맞히는 내기를 했지." 민디가 설명했다.

"나는 너희들이 외계인에게 납치되었거나 중국으로 통하는 터널에 들어갔거나, 마법사의 소행이라고 추측했어." 린디가 표를 읽으며 말했다. "민디는 일루미나티 비밀 조직, 괴물 거인 빅풋의 동굴, 뱀파이어와 관계있을 거라고 생각했지. 그리고 신디는 국제적인 납치단, 잃어버린 대륙 레무리아, 두더지 인간들의 탄광과 관계있을 거라 얘기했어. 또 웬디는 정부 스파이 기관, 스웨덴의 모방 밴드, 그리고 가만있자 '소설의 세계'에 대해 언급했네! 웬디가 이겼어!"

민디와 린디, 신디는 각각 웬디에게 20달러를 건넸다.

"나는 잃어버린 대륙 레무리아가 정답이기를 정말 바랐지만, 소설의 세계도 나쁘지 않은데." 신디가 말했다.

"그런데 소설의 세계에는 어떻게 들어가는 거야?" 린디가 물었다.

"여러 가지 다양한 방법이 있어." 코너가 대답했다. "저기 열람실 뒤쪽에 생긴, 숲으로 이어지는 거대한 구멍도 하나의 방법이지."

그때까지 책을 껴안는 자들은 코너 말고는 로즈 열람실에 있는 물건이나 인물에 대해 전혀 관심을 기울이지 않았다. 네 명의 소녀들은 다리 쪽으로 눈길을 돌렸다가 그 구멍이 얼마나 특이하고 비현실적인지 처음 깨달았다.

"나는 저게 커다란 플라스마 스크린인 줄 알았어!" 린디가 말했다.

"아냐, 저건 또 다른 차원으로 이어지는 다리야." 코너가 설명했다. "그리고 머지않아 수많은 끔찍한 존재들이 저기서 쏟아져 나와 우리 세계를 공격할 거야. 그러니 궁금한 걸 다 물어봤으면 이제 나를 내려 줘. 내가 뭔가를 해야 이 사태를 막을 수 있어!"

웬디는 서둘러 책장으로 다시 올라가 코너의 몸에 남아 있는 나머지 가로대를 톱으로 잘라 냈다. 코너는 톱을 받아서 잭을 풀어 줬고, 잭은 도끼로 브리와 빨간 망토, 골디락스를 풀어 줬다. 일단 일행 전부가 바닥에 내려오자 코너와 브리는 두 세계 사이의 다리를 향해 걸어갔다. 그리고 어떻게 해야 이 구멍을 닫을 수 있는지 이리저리 머리를 굴렸다.

"이야기 속 군대가 여기 도착하기 전에 이 구멍을 막을 방법이 있을 거야." 코너가 자기 생각을 입 밖으로 말했다.

"하지만 내 생각엔 이야기 속 군대가 통과하지 못하도록 구멍을 막을 방법은 없는 것 같아." 브리가 말했다.

코너는 화가 나서 다리를 발로 뻥 찼다. 하지만 발이 그대로 동화 속 세상으로 들어가는 바람에 코너는 넘어질 뻔했다.

"어떻게 해야 모리나를 막을 수 있는지 모르겠어!" 코너가 말했다. "마치 모리나가 모든 사람보다 100걸음은 앞서 있는 것처럼 보여!"

"그렇지만은 않을 거야." 골디락스가 말했다. "모리나는 이 세계를 손아귀에 넣을 계획을 꽤 자세히 우리에게 말해 주었지. 하지만 우리는 병원에 군대를 모집해 놓은 것에 대해서 전혀 언급하지 않았어. 내 생각에 모리나는 우리에게 군대가 있다는 사실은 모르는 것 같아!"

"그 멍청한 여자가!" 빨간 망토가 외쳤다. "모리나는 아마 알렉스를 납치했다는 것에 집착한 나머지 우리가 코너의 소설에서 등장인물들을 모았다는 사실은 눈치도 못 챘을걸!"

"하지만 그렇다 해도 우리가 이길 확률이 그렇게 높진 않아요." 잭이 말했다. "우리는 마녀와 이야기 속 군대를 상대해야 한다는 사실은 알고 있었죠. 하지만 그들을 이곳 또 다른 세상에서 맞닥뜨려야 하는지는 몰랐잖아요. 그러니 일단 병원에 있는 우리 편을 불러오고, 그들이 오는 동안 알렉스를 찾는 게 좋겠어요."

코너가 고개를 끄덕였다. "민디, 신디, 린디, 웬디." 코너가 아이들을 불렀다. "너희들이 버려진 지하철 터널로 다시 돌아가 이곳에서 가능한 한 멀리 벗어났으면 좋겠어. 그리고 안전한 곳에 도착하면 전화기를 구해서 우리 엄마에게 전화를 걸어 최대한 빨리 지원군이 필요하다고 전해 줘. 그러면 우리 엄마가 뭘 해야 하는지 아실 거야."

그러자 놀랍게도 책을 껴안는 자들 모임의 아이들은 코너에게 경례를 하고는 재빨리 열람실을 떠났다. 이 아이들과 힘을 합친 것은 난생처음이었다. 그리고 코너와 브리, 빨간 망토, 잭, 골디락스도 아이들을 따라 열람실에서 나가 계단을 내려갔다. 책을 껴안는 자들 모임의 아이들이 도서관 지하로 내려가는 동안 브리와 일행은 1층 현관으로 향했다.

일행은 현관에 들어서자마자 주변이 엉망진창으로 파괴된 모습을 보고 심장이 쿵 하고 내려앉았다. 문은 망가졌고 계단 입구에는 총알이 잔뜩 박혀 있었으며 거리는 날카로운 얼음 조각으로 가득했다. 하지만 다행히도 죽었든 살았든 사람의 몸은 전혀 발견되지 않았다. 마녀들도 사라졌지만 도서관 근처에 있던 군인 역시 단 한 명도 보이지 않았다. 코너와 일행은 5번로 거리 한복판으로 나아가 이리저리 살피며 싸움터가 어디로 옮겨졌는지 단서를 찾았다.

"저길 봐!" 빨간 망토가 말했다. "군인들이 전부 도로 근처 나무 옆에 모여 있어!"

"센트럴파크 안으로 들어가려고 하는 것처럼 보이는데!" 브리가 말했다. "그런데 군인들이 들어가려는 길목을 막고 있는 저 이상한 거품은 대체 뭐지?"

코너는 그것이 알렉스가 마법을 써서 만든 작품이라는 사실을 금방 깨달았다. "저건 힘의 장이야." 코너가 말했다. "마녀들이 공원 안에 들어가 있고, 알렉스가 그들에게 보호용 방패를 둘러 준 거지."

"밤이라 공원이 닫혀 있어서 다행이다." 브리가 말했다. "그렇지 않았다면 마녀들이 수많은 사람들을 인질로 잡아 뒀을 텐데."

센트럴파크가 오늘 밤 엄격하게 통행이 금지된 점은 그나마 안심이었다. 하지만 곧 코너는 자기가 이 공원의 개장 시간을 어떻게 해서 기억하게 되었는지를 떠올렸고 배 속 깊은 곳에서부터 공포가 퍼져 정신을 차릴 수가 없었다.

"공원은 비어 있지 않아!" 코너가 외쳤다. "오늘 밤 전국에서 걸스카우트와 보이스카우트가 센트럴파크에 모여 대대적으로 캠핑 행사를 한다고 했어! 비행기에서 내 옆자리에 탔던 남자아이가 말해 줬거든!"

"다시 말해, 아이들이 마녀들이 있는 센트럴파크 안에 갇혀 있다는 거야?" 빨간 망토가 물었다.

"맞아요! 어서 도와줘야 해요!" 코너가 외쳤다.

"알렉스가 힘의 장을 공원에 둘렀는데 우리가 어떻게 들어갈 수 있겠어?" 잭이 물었다.

"땅 위로 갈 수 없다면 땅속으로는 갈 수 있을지도 모르죠." 코너가 말했다. "러스티 아저씨 말에 따르면 캘빈 쿨리지 급행열차가 센트럴파크에도 정차할 예정이었다고 했어요. 터널로 돌아가 지하에 또 다른 화물 출입구가 있는지 찾아봐야겠어요. 서둘러야 할 거예요. 마녀들이 아이들에게 무슨 짓을 할지 모르니까요!"

《랜드 오브 스토리 6 - 두 세계가 충돌하다·하》에서 계속됩니다.

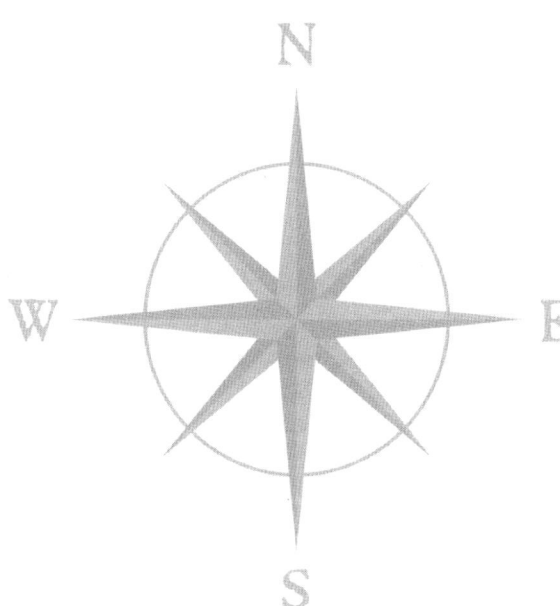